IQ《アイキュー》探偵《たんてい》ムー

アリバイを探《さが》せ!

作◎深沢《ふかざわ》美潮《みしお》　画◎山田《やまだ》J太《じぇいた》

ポプラ社

深沢美潮《ふかざわみしお》
武蔵野美術大学造形学科卒《むさしのびじゅつだいがくぞうけいがっかそつ》。コピーライターを経《へ》て作家《さっか》になる。著作《ちょさく》は、『フォーチュン・クエスト』、『デュアン・サーク』（電撃文庫《でんげきぶんこ》）、『菜子《なこ》の冒険《ぼうけん》』（富士見《ふじみ》ミステリー文庫）、『サマースクールデイズ』（ピュアフル文庫）など。ＳＦ作家クラブ会員《かいいん》。
みずがめ座《ざ》。動物が大好《だいす》き。好きな言葉は「今からでもおそくない！」。

山田J太《やまだじぇいた》
１／26生《う》まれのみずがめ座《ざ》。O型《がた》。漫画家兼《まんがかけん》イラスト描《か》き。絵に関《かん》する事《こと》に携《たずさ》わりたくて、現在《げんざい》に至《いた》る。作品《さくひん》は『ICS犀星国際大学《さいせいこくさいだいがく》Ａ棟《とう》302号《ごう》』（新書館《しんしょかん》WINGS）、『GGBG！』（ジャイブＣＲコミックス/ブロッコリー）、『あさっての方向《ほうこう》。』（コミックブレイドMASAMUNE）。
１巻《かん》の発売《はつばい》の頃《ころ》にやってきた猫《ねこ》も、ワイルドにすくすくと育《そだ》っています。

目《もく》次《じ》

★登場人物紹《しょう》介《かい》●●●

杉《すぎ》下《した》元《げん》

小学五年生。好奇心旺盛《こうきしんおうせい》で、推理小説《すいりしょうせつ》や冒険《ぼうけん》ものが大好きな少年。ただ、幽霊《ゆうれい》やお化けには弱い。

茜崎《あかねざき》夢《む》羽《う》

小学五年生。ある春の日に、元《げん》と瑠香《るか》のクラス五年一組に転校してきた美少女。頭も良く常《つね》に冷静沈着《ちんちゃく》。人付き合いはよくないほうで誤解《ごかい》を受けやすい。

ラムセス

夢羽《むう》といっしょに暮《く》らすサーバル・キャット。全長一メートル二十センチ。体重二十キロ。

峰岸刑事《みねぎしけいじ》

イケメンの刑事《けいじ》。背《せ》が高くて、茶髪《ちゃぱつ》。夢羽《むう》たちの話を真剣《しんけん》に聞いてくれる。第二話「視線《しせん》の行方《ゆくえ》」で登場。

杉下英助《すぎしたえいすけ》、春江《はるえ》

元《げん》の両親。英助《えいすけ》の職業《しょくぎょう》は出版社《しゅっぱんしゃ》の営業《えいぎょう》。

杉下亜紀《すぎしたあき》

元《げん》の妹。小学二年生。

相沢翔《あいざわしょう》

専門学校《せんもんがっこう》の一年生。子どもの頃《ころ》、よく元《げん》と遊んでくれた。

長井《ながい》

ギンギン商店街の八百屋《やおや》「八百長《やおなが》」の主人。

今田《いまだ》カネ

八十二歳《はちじゅうにさい》だが、ひとり暮らしをしている元気なおばあちゃん。

江口瑠香《えぐちるか》

小学五年生。元《げん》とは保育園《ほいくえん》の頃《ころ》からの幼《おさな》なじみの少女。
すなおで正義感《せいぎかん》も強い。活発で人気もある。ひとりっ子。

トラ

今田《いまだ》カネが飼《か》っているトラ猫《ねこ》。

★銀杏《いちょう》が丘《おか》市《し》MAP
農業高校
自動車工場
舞橋
鯛橋
久美の家
営プール
市営図書館
咲間川
第二小
第二中
喫茶ナイヤガラ
警察署
国道
カムパネルラ商会

島田の
五部林公園
愛子が淵
和野戸神社
瑠香の家
夢羽の家
元の家
第一中
エリーゼ女子大
第一小
寿万寺
N
ギンギン商店街
スーパー
薬局
銀行

★アリバイを探《さが》せ！★★
WILD TOMB
WILD TOMB

1

「まったくぅ、最近は日本《にほん》といっても、子供《こども》が気楽に歩いたりできないよね。あー、やだやだ」

ババくさっ！

元《げん》は、隣《となり》を歩く瑠香《るか》の言葉を聞いて、思わず口に出して言いそうになった。

もちろん、あわててゴクンとのみこんだけれど。

はぁ、あぶない、あぶない！

思ったことをすぐ口に出してしまう癖《くせ》、早くなんとかしたほうがいい。

それにしても、小学五年生の女の子が言うセリフとしては、やっぱりババくさい。

瑠香《るか》が言ってるのは、昨日《きのう》隣町で起こった誘拐未遂事件《ゆうかいみすいじけん》のことだ。幸い、未遂で終わったからよかったものの。たしかに、そういう事件が半端《はんぱ》じゃなく頻繁《ひんぱん》に起こっている。

ここ、銀杏《いちょう》が丘《おか》でも最近は、お年寄《としよ》りを狙《ねら》ったひったくり事件が連続して起こってるらしい。昨日も母親の春江《はるえ》が愚痴《ぐち》っていた。

犠牲《ぎせい》になるのは、いつも子供《こども》やお年寄《としよ》りといった弱い者たちばかりだって。だから、元《げん》も春江《はるえ》が年寄りになった時にちゃんと守ってくれなきゃだめだ。そのためにも、今から体を鍛《きた》えておきなさいと。どうしてそこに結びつくのかよくわからなかったけれど、とにかくうるさいのだ。

サッカーとか野球とか、団体《だんたい》のスポーツがなんとなく苦手というか、面倒《めんどう》な元《げん》は、今のところ何もやっていない。

別にスポーツが嫌《きら》いだというわけじゃない。スイミングには四年生まで通っていたし。三年生の頃《ころ》、ちょっとだけ剣道《けんどう》を習ったこともある。学校の体育の時間では活躍《かつやく》するほうだ。でも、今は時間が欲《ほ》しかった。何をしたいってわけではないけれど、自由に使える時間が欲しい。

みんなサッカーや野球、塾《じゅく》……と、毎日忙《いそが》しそうだ。三時過《す》ぎまで学校で、家で宿題をすませた後、塾《じゅく》。下手《へた》すると、帰るのは夜の九時を回ってるんだそうだ。夕飯食べて、風呂《ふろ》入って……ってしてたら、すぐ十一時くらいになってしまう。後はもう寝《ね》るしかない。

じゃあ、週末ゆっくりできるかといったら、朝からサッカーだ野球だ……。

これが家の近くの公立小学校だったらまだいい。片道《かたみち》一時間かけて私立《しりつ》に通ってる連中になると……想像できない。

彼《かれ》らからすれば、何もやってない元《げん》はとても暇《ひま》そうに見えるだろうが、これでけっこう忙《いそが》しい。

冒険物《ぼうけんもの》の小説やノンフィクションの本を読む時間も欲《ほ》しかったし、ただなんとなくそこらを散歩したり、ぼーっとしていたり、空想したりする時間だってバカにならないのだ。

どうせ元《げん》だって、中学や高校へ行くようになれば、さすがにもっと勉強もしなくちゃいけなくなるだろうし、暇していられるのも今のうちだっていう気もする。

だから……。

「元《げん》くん、どうせ暇でしょ。つきあって！」

と、瑠香《るか》に言われ、実はかなり心外なのだった。

「だって、ここのところ、銀杏《いちょう》が丘《おか》も安全じゃないって感じじゃない？　それに、班《はん》で作るために段《だん》ボールをもらいに行くんだもん。いっしょに来てくれるのが当然よねぇ？」

もちろん、こう言われて瑠香《るか》に反論《はんろん》できる者などいない。

図工の時間、元《げん》は瑠香《るか》と同じ班《はん》。今回、段ボール箱を組み合わせて大きな恐竜《きょうりゅう》を作ろうということに決まった。そこで、手分けして使えそうな段ボール箱やその他の材料をどこかから調達してこようということになった。

瑠香《るか》は段ボール箱を調達する係になると立候補《りっこうほ》した。

そして、ギンギン商店街の外れにある八百屋《やおや》に行こうと、当然のように元《げん》に命令……いや、元《げん》を誘《さそ》った。たぶん、最初からそのつもりだったんだろう。

元《げん》はクリーニング屋に行き、いらない針金《はりがね》のハンガーを山ほどもらってくる係だったから、強《し》いていえば瑠香《るか》につきあう必要はなかったのだが。

まぁ、つきあってやってもいいかと、元《げん》は渋々納得《しぶしぶなっとく》し、自転車を走らせていた。

2

「……っとと……あ、あれ？」

すぐ前を走っていたはずの瑠香《るか》の姿《すがた》が見えなくなった。

その日も、クルクルッとカールした髪《かみ》を高い位置でふたつ結びにし、大きな丸いビー玉みたいな髪飾《かみかざ》りをつけた彼女《かのじょ》は、ジュニア向けのファッション誌《し》から抜《ぬ》け出したような格好《かっこう》で、自転車に乗るには短いスカート。どこにいたってすぐ目立ちそうなはずなのに。

対照的に元《げん》は……いつもの通《とお》りの野球帽《やきゅうぼう》に、T《ティー》シャツ、ブカブカの七分ズボン。もうすぐ夏休みというこの時期には、この格好が一番楽チンなのだ。

キイッとブレーキの音をさせて停まった。

額《ひたい》の汗《あせ》を手の甲《こう》でぬぐって、前後、左右と首を巡《めぐ》らせてみる。

ジリジリ……と、セミの声が野球帽のてっぺんに降《ふ》り注《そそ》いでくる。

目を細めて見上げると、灰色《はいいろ》の電柱に止まったアブラゼミが目に入った。

このあたり、住宅街《じゅうたくがい》と商店街の境目《さかいめ》あたりで、細い路地が入りくんでいる。にぎやかな通りがすぐそこに見えていて、こっちから抜《ぬ》けると近道だろうと思って細い道に入ってみると、実はどこかの家の敷地内《しきちない》だったりして。結局は、また元いた道までもどらなくてはならなかったり。

下手《へた》に動くとわからなくなりそうだ……。

それに、目指すはギンギン商店街だろ？　ってことは、このまままっすぐ進んでいけばいいはずなんだから……。

「ま、いいや。しばらく待って。わからなかったら、直接《ちょくせつ》、八百屋《やおや》に行ってよっと」

元《げん》がそうつぶやいた時、細い路地のひとつから瑠香《るか》が顔を出した。

「どうしたのよぉ！　早く。こっちこっち！」

「そっちから行けるのか？」

「なんだ、知らないの？　元《げん》くん。何年、この辺の小学生やってんのよ」

瑠香《るか》は偉《えら》そうに言うと、チリンチリンとベルを鳴らし、路地のほうにもどっていった。

「ま、待てよぉ」

あわてて、その後ろを追いかける。

おいおい、ここってやっぱ完璧私道《かんぺきしどう》なんじゃねえの？　というような細い道だ。しかし、驚《おどろ》いたことに、その道を抜《ぬ》けると目の前にギンギン商店街の看板《かんばん》が現《あらわ》れた。

たしかに、こっちから行ったほうが近い。

目当ての八百屋《やおや》は、「八百長」という。

ヤオチョウではなく、ヤオナガと読むんだそうだ。主人が長井《ながい》という名前で、代々「八《や》百《お》長《なが》」で通っている老舗《しにせ》で。大型スーパーに圧《お》され気味だが、まだまだ頑張《がんば》っている。

とはいえ、さすがに「ヤオチョウ」と読まれるのを嫌《きら》ってか、看板には大きく「ヤオナガ」とカタカナで書いてあった。

間口は狭《せま》いが、奥《おく》はけっこうありそうな八百屋。店先には、所狭《ところせま》しと夏野菜が並《なら》んでいて。主婦が二、三人、真《ま》っ赤《か》に熟《じゅく》したトマトや濃《こ》い緑のピーマンを熱心に吟味《ぎんみ》していた。

「すみませーん、おじさん、電話した江口《えぐち》ですけど……段《だん》ボール箱《ばこ》いただきに来ました」

汗《あせ》をかきかき、春キャベツを表の台に並《なら》べていた、ねじり鉢巻《はちま》きのおじさんに瑠香《るか》が声をかけると、彼《かれ》は人の良さそうな顔で笑いかけた。

「おお、いいよ、お嬢《じょう》ちゃん。なんでも好きなの、持っていきな。ん？　彼氏《かれし》もいっしょかい。そいつぁ、心強いよな」

「やあだ。おじさん、そんなんじゃないですよ！」

瑠香《るか》は照れもせずに、ケラケラ笑っている。

こういうとこ、心底、すごいと思う。この女、主婦《しゅふ》になったら、うちの母《かあ》さん以上の強者《つわもの》になりそうだ。

元《げん》が内心、そう思っていると、瑠香《るか》は振《ふ》り返《かえ》って言った。

「ねぇ、こっち。裏口《うらぐち》のほうだって！　いっぱいあるよ。でも、野菜が入ってたのはダメかもね。濡《ぬ》れてたり壊《こわ》れてたりするから」

「あ、ああ……」

ふと気《き》づくと、常《つね》に瑠香《るか》の言いなりになっている。

しかも、そっちのほうが案外楽チンだったりして。そういう自分に気づき、はぁーっと大きなため息とともに自分が嫌《いや》になってしまうことだってある。

だめだ、だめだ。こんなことでは、立派《りっぱ》なオヤジにはなれない。

元《げん》の理想は、すっごく頑固《がんこ》で我《わ》が道を行く偉大《いだい》なるオヤジなのだ。あの冒険家《ぼうけんか》で考古学者インディ・ジョーンズのお父《とう》さんみたいなタイプ。いや、インディ・ジョーンズのほうだっていいんだけど。とにかく、女のバッグ持ってやったりして喜んでるような、そんな軟弱《なんじゃく》な男にはならないんだ！

と、思いながら、瑠香《るか》に言われるまま段《だん》ボール箱《ばこ》を自転車の荷台に積んでいた。大きなやつのなかに一回り小さな箱を詰《つ》め、できるだけたくさん……。

「ま、こんな力仕事は女には無理だもんな」

ついまたひとり言を言っていると、瑠香《るか》が聞きとがめた。

「え？　何か言った？　元《げん》くん」

「あ、いや。それよりこの段ボールどうすんだ？　学校に持ってっとく？」

「そうね。主事さんに言って、図画教室のほうに運ばせてもらおうよ。今なら、先生たちもまだいるだろうし」

五時近いはずだが、夏の空はまだまだ明るい。

もくもくと白い積乱雲《せきらんうん》が青い空に浮《う》かんでいる。

当然、先生たちも残っているはずだ。あした、運ぶことを考えたら、今、自転車でこのまま運びこんだほうがいいに決まってる。

ふたりはそう決めると、ヤオナガのおじさんに礼を言って、学校へともどり始めた。

それにしても走りにくい。

重量は大したことはないのだが、段《だん》ボール箱《ばこ》の幅《はば》があってバランスが悪い。

横から風を受けたりすると、とたんにバランスを崩《くず》して倒《たお》れそうになったりする。

「くっそぉ」

思いっきりスピードを出して走れば違《ちが》うんだろうが、帰りは上り坂。そういうわけにもいかない。

「んもう、走りにくいなぁ」

瑠香《るか》も文句《もんく》を言っている。

あっちふらふら、こっちふらふら。ふたりが苦戦している時、商店街《しょうてんがい》の端《はし》っこ。小さなタバコ屋さんがあるあたりで、人だかりがしているのが目に入った。

「いいや、絶対《ぜったい》にこいつだ！」

「ち、ちげえよぉ、ばあさん、言いがかりだよ」

「何を言う！　人をボケ老人扱《あつか》いしよって」

「んなこと言ってねえだろ？」

「どうしたんだ？」

「なんだ、なんだ？」

「ひったくりだって」

「泥棒《どろぼう》か⁉」

「警察《けいさつ》、呼《よ》んだほうがいいんじゃない？」

どうしたんだろう？　と、好奇心《こうきしん》いっぱいの顔《かお》で瑠香《るか》が自転車を停めた。元《げん》も気になって、同じように停めてみて、びっくり。思わず大きな声をあげた。

「翔兄《しょうにい》ちゃん⁉」

騒《さわ》ぎの中心になっていたのは、元《げん》もよく知っている近所の相沢翔《あいざわしょう》だった。

3

金色に近い短い茶髪《ちゃぱつ》は、山アラシのようにツンツンと立っている。ブカブカの派手《はで》なTシャツ《ティー》に、ボロボロのジーンズ。極端《きょくたん》に足が短く見えるほど、ずり下げてはいている。どうやって途中《とちゅう》で止まっているのか不思議なほどで、Tシャツを脱《ぬ》げば、パンツが見えているのは確実《かくじつ》だ。

だらしなくビニサンを突《つ》っかけ、手の指にはドクロのついた銀色の指輪。首と腰《こし》には太いチェーン。両耳と、眉《まゆ》の上にピアスをしている。当然、眉も細い。

翔《しょう》は、元《げん》の家のすぐ近くに住んでいて、昔から元《げん》とよく遊んでくれていた。今のようなファッションになったのは最近の話だ。ちょっと前までは、普通《ふつう》の高校生だった。

たぶん、ここ何カ月かというところだろう。春江《はるえ》の情報《じょうほう》によれば、大学受験に失敗し、専門学校《せんもんがっこう》に通うようになって、そこでできた友達《ともだち》の影響《えいきょう》で、一気に今のようなファッションになってしまったそうだ。

別に似合《にあ》ってればいいと元《げん》は思うのだが、春江《はるえ》たちにはいたく評判《ひょうばん》が悪い。翔《しょう》の母親なんかは、肩身《かたみ》が狭《せま》い思いをしていると嘆《なげ》いているらしい。翔《しょう》の両親は私立《しりつ》学校の教師《きょうし》で、すごく口うるさいので有名だった。

翔《しょう》は両手をポケットに突《つ》っこみ、わずらわしそうにおばあさんを見下ろしていた。

「だぁら、ばあさん。よく思い出してくれよ。オレ、ばあさんの財布《さいふ》なんかくすねてねーってば」

そういう翔《しょう》の腰《こし》にしっかりしがみついたおばあさん。こうなったら絶対《ぜったい》に離《はな》さないぞという決意に満ち満ちた顔だ。

「バカ言うんじゃない。あんたの顔なんざ、一度見れば絶対《ぜったい》に忘《わす》れないよ。人が銀行から年金下ろして、さあ帰って、久しぶりにすき焼きでも食べようかねって、商店街歩いてたら、後ろから走ってきて、バッグごとひったくってったんだからね。バスの無料パス券《けん》も、銀行のカードも、商店街のポイントカードも、保険証《ほけんしょう》も！　全部入ってたから、苦労したのなんのって。ショックで、昨日一日《きのういちにち》寝こんだんだからね。まったく、あんたねぇ、ろくな大人《おとな》になれないよ」

翔《しょう》の身長の、ほぼ半分くらいにしか見えないおばあさんは、どうやったって後には引かない感じだった。

ツルツルした生地《きじ》のワンピースという、なんとも派手《はで》な格好《かっこう》の彼女《かのじょ》は、ひったくりに遭《あ》ったショックで寝《ね》こむような人には、とても見えないほど元気だ。

「警察《けいさつ》、呼《よ》んだほうがいいんじゃない？」

瑠香《るか》が元《げん》に言う。

「え？　で、でも……」

「そうだ！　峰岸《みねぎし》さんに来てもらおうよぉ！」

彼女《かのじょ》の顔がパッと輝《かがや》く。

ったく。何かというと、あのイケメン刑事《けいじ》に会おうとするんだから。

「でもさ、翔兄《しょうにい》ちゃんがあんなおばあちゃんからひったくりするなんて考えられないんだよ。やっぱ人違《ひとちが》いじゃないのかなぁ……」

と、元《げん》が言った言葉が聞こえたらしい。

翔《しょう》が助かった！　という顔で元《げん》に言った。

「おう、元《げん》じゃないか。頼《たの》むよぉ、このばあさんに言ってくれよ。オレは、んな怪《あや》しいやつじゃないってさ」

「え？　あ、ああ……えっとですね。この人、ぼく、よく知ってる人なんですよ。だから……」

急に助け船を求められて、しどろもどろで弁護《べんご》を始めると、おばあさん、今度は元《げん》にまで噛《か》みつき始めた。

「そんな小さな子までグルなのかい!?　まったく、世も末だね。恐《おそ》ろしい!!　どこの小学校だい？　あたしが校長に怒鳴《どな》りこんでやる」

「え、えええ？　そ、そんな……、ぼ、ぼくは関係ないですよ！」

とんだことになった。

まさかとは思うが、本当にあの校長に怒鳴《どな》りこまれてしまったら……。考えるだけで恐ろしい。一見、とても優《やさ》しそうで感じの良さそうなお母《かあ》さんタイプの校長なのだが、ひとたび怒《おこ》り始めると、ものすごく怖《こわ》い。新米の男の先生なんか、何度も泣かされてるという話である。

翔《しょう》の隣《となり》で、元《げん》も困《こま》り果てていると、ピッピッと短く笛が鳴った。

「ほら、見物人は行って行って。関係者だけ残ってください」

誰《だれ》かが通報《つうほう》したらしい。自転車で駆《か》けつけた警官《けいかん》だった。

「あ、おまわりさん!! この不良だよ。あたしのバッグをひったくって行ったのは！」

おばあさんが目を大きく開き、警官に主張《しゅちょう》した。

「ち、違《ちが》うってば。ほ、ほんとなんです。オレ、そんなの知らないっすから！」

翔《しょう》は半ば泣きそうな顔で警官に、首を振《ふ》ってみせる。

しかし、警官は眉《まゆ》をしかめて言った。

「まぁまぁ。ここではなんですから、ちょっと交番まで来ていただけますか？ すぐ近くだし。そこで、くわしい事情《じじょう》を聞きますから。いいですね？」

そう言われ、いきなり翔《しょう》がダッシュで逃《に》げ出《だ》そうとした！

「わあぁあ!!」

「待て、このやろ」

「こら、こら!!」

「だ、誰《だれ》か捕《つか》まえとくれええ!!」

「ピ――ピ―――ッ!!」

女子高生はキャーキャー悲鳴をあげるし、見物していたおじいさんは腰《こし》を抜《ぬ》かすし、いっしょに散歩していた犬はキャンキャン吠《ほ》えたてるしで。あたりは大変な騒《さわ》ぎ。

幸い……というか、不幸にも……というか。

腕《うで》に自信のある男連中が翔《しょう》を取り囲んで、瞬《また》く間に捕《つか》まえてしまった。そのなかには、いつの間にやってきたのか、ヤオナガのおじさんまでいる。

「ほら、やっぱり犯人《はんにん》なんだよ!」

と、おばあさんが鼻をふくらませる。

「やっぱりそうだな!」

「まったく、たいしたもんだぜ」

「いやぁ、まいったまいった」

ヤオナガのおじさんたちも、興奮《こうふん》して口々に言う。

「さあ、もう離《はな》していいですよ。とにかく事情《じじょう》は交番で聞くから……。君、いいね?」

おじさんたちを追《お》い払《はら》って、警官《けいかん》は翔《しょう》を立たせた。

翔《しょう》はがっくりと肩《かた》を落とし、深々とため息をついた。

対照的に、おばあさんのほうは、これから鬼ケ島《おにがしま》に鬼退治《おにたいじ》に行く桃太郎《ももたろう》のようだ。

「ほら、さっさと歩け歩け！」

翔《しょう》を後ろから、持っていた杖《つえ》でポカポカ叩《たた》きながら、追い立てていく。

そのようすを見た元《げん》は、

「はぁ……」

と、ため息をついた。

あれじゃ、もしかすると……本当に翔兄《しょうにい》ちゃんが犯人《はんにん》なのかも。

ぷるぷるっと首を振《ふ》り、自転車に乗ろうとしたのだが、警官《けいかん》に肩《かた》をポンと叩かれた。

「君も関係者だろ。悪いけど、いっしょに来てもらえるかな？」

「か、関係者あぁ……!?」

元《げん》は自分の顔を指さし、その後、瑠香《るか》を見た。

彼女《かのじょ》はにっこり微笑《ほほえ》んで言った。

「元《げん》くん、だいじょうぶよ。わたしもいっしょに行ってあげるから。なんだったら、弁《べん》護《ご》士《し》でも雇《やと》う?」

だぁぁ!!

弁護士じゃなくって、今、いてほしいのは……。

と、目を泳がせていると、なんということだ! いつから見ていたのか、自転車に乗った美少女がひとり。

長い髪《かみ》を無《む》造《ぞう》作《さ》に流し、青いT《ティー》シャツに半ズボン姿《すがた》。珍《めずら》しく白くて長い足を出している。

まるで、天から舞《ま》い降《お》りてきたようなその姿は、元《げん》にとって、大げさではなく、救世主のように見えた。

「あ、夢《む》羽《う》じゃない。ちょうどよかった!!」

瑠《る》香《か》が声をかける。

夢《む》羽《う》は、口をつぐんだまま、こっちを見る。

「ごめん、実はさ……」

元《げん》が言いかけると、瑠香《るか》が割《わ》って入った。

「夢羽《むう》、いつから見てたの？」

「言い合いが始まったくらいから」

「じゃ、事情《じじょう》はわかるわね？　ねぇ、ちょっと夢羽《むう》もいっしょに来てよ。元《げん》くん、夢羽《むう》にも来てもらいたいんでしょ？」

と、締《し》めくくった。

思わず、カーッと顔が熱くなる。

しかし、それは紛《まぎ》れもなく真実だったし、見栄《みえ》を張《は》ってる場合でもない。

元《げん》は、コクンとうなずいた。

「悪い……、来てもらえると……うれしい」

そっけなく断《ことわ》られるかもと思ったが、夢羽《むう》は涼《すず》しい顔で言った。

「いいよ。暇《ひま》だし」

4

それは、一昨日《おととい》のことだった。

年金が出た翌日《よくじつ》、そのおばあさん……今田《いまだ》カネ（八十二歳《さい》）は、いつものように駅前のスズカ銀行駅前支店《してん》まで行き、十万円を下ろした。

バッグにお金の入った封筒《ふうとう》を入れ、しっかりと小脇《こわき》に抱《かか》え、商店街の途中《とちゅう》から横道にそれ、自宅《じたく》へと向かった。

時間は夕方の五時頃《ごろ》。公園のスピーカーから「ゆうやけこやけ」が流れてきたから、間違《まちが》いないと言う。

事件《じけん》が起こったのは、そのすぐ後のこと。

人通りのない横道を今田《いまだ》カネが歩いていると、いきなり後ろから若《わか》い男にバッグをひったくられてしまった。

驚《おどろ》いて、必死に抵抗《ていこう》したが、ドンと突《つ》き飛ばされ、尻餅《しりもち》をついた。

その間に、男は走って逃《に》げて行ったという。

ひったくりの風体は、まるで相沢翔《あいざわしょう》、そのもの。短めでツンツン立《た》った茶髪《ちゃぱつ》、ずり落ちそうなほど腰《こし》の低い位置ではいたジーンズ、眉《まゆ》と耳のピアスに、ドクロの指輪、太いチェーン……。

一度見たら忘《わす》れられないほど、ひどい格好《かっこう》だったとカネは強調した。

ここは商店街近くの交番。

話を一通り聞いた警官《けいかん》は、「うーむ」と唸《うな》った。

そして、視線《しせん》を相沢翔《あいざわしょう》の頭から足の先まで二往復《におうふく》させた。

「むっ」

と、翔《しょう》が口をへの字にする。

警官は困《こま》ったように言った。

「たしかに、カネさんはお年寄《としよ》りかもしれないけどさ。これだけ記憶《きおく》がはっきりしてるんだ。調書は取らないとならんだろうなぁ。ここのとこ、お年寄りを狙《ねら》ったひったくりが多発してるんでねぇ。他の目撃証言《もくげきしょうげん》も似《に》たような感じなんだよ」

「そ、そんなぁあ。オ、オレ、ほんとにしてないっすから！」

翔《しょう》が泣きそうな顔で立ち上がる。

「じゃあ、なんで逃《に》げたりしたんだ？　あれじゃ、犯人《はんにん》ですって言ってるようなもんだろう？」

「だ、だ、だって……なんか怖《こわ》くなったし」

「あぁあ、情《なさ》けない！」

瑠香《るか》が絶妙《ぜつみょう》なタイミングで言った。

翔《しょう》はグッと唇《くちびる》を噛《か》んで、瑠香《るか》をにらみつけた。

「江口《えぐち》、黙《だま》ってろよ！」

元《げん》が瑠香《るか》に言うと、彼女《かのじょ》は、

「だってー、ほんとに情けないんだもん」

と、ブチブチ言った。

警官《けいかん》は苦笑いをして、

「まぁまぁ。とりあえず話を聞こう。で？　一昨日《おととい》の夕方五時頃《ごろ》、あんたはどこで何をしてたんだね？」

と、翔《しょう》の肩《かた》をつかみ、椅子《いす》に座《すわ》らせた。

「アリバイだ！」

思わず口に出して言ってしまい、元《げん》はあわてて口を押《お》さえた。

みんなの視線《しせん》が一瞬《いっしゅん》集まったが、すぐに翔《しょう》のほうへともどった。

すっごく恥《は》ずかしかったが、元《げん》は胸《むね》がドキドキしてしかたなかった。だって、よくテレビの刑事《けいじ》ドラマなんかであるじゃないか。

「その日の何時、あなたはどこで何をしてたんですか？」とアリバイを調べるシーン。

たいがい犯人《はんにん》はアリバイをでっち上げ、刑事はそれを崩《くず》すために推理《すいり》を働かせるのだ。

逆《ぎゃく》にいえば、このアリバイさえはっきりしていれば……誰《だれ》かがいっしょにいたという証言《しょうげん》があったりすれば、容疑《ようぎ》は簡単《かんたん》に晴れるんだが。

しかし、翔《しょう》は弱りきった顔で首を傾《かし》げるばかり。

「んなの、覚《おぼ》えてないっすよ。今日《きょう》何やってたかだってあんま覚えてないのに、んな二日《ふつか》も前のこと、覚えてるわけないじゃないっすか」

「だとすると……ちょっと簡単《かんたん》に帰すわけにはいかんなぁ。ま、とりあえずもう少しゆっくり話を聞かせてもらおうかね」

「そ、そんなぁあ!!」

「だからさ。ほら、何かないわけ？　学校に行ってたとか、バイトに行ってたとか……。手帳なんか持ってないのかね。あ、そうだ。ケータイに残ってるだろう。着信や発信の記録が。それ見れば何か思い出さないかなぁ」

そう言われて、翔《しょう》はパッと顔を輝《かがや》かせた。

が、ズボンのポケットからケータイを取り出した途端《とたん》……がっくりと肩《かた》を落とした。

「あっちゃぁ……」

「どうしたんだね」

翔《しょう》がなかなかワケを言わないので、少しいらついた口調で警官《けいかん》が聞く。

すると、翔《しょう》は完全にふてくされた顔で言った。

「そういや、昨日《きのう》新しいケータイに替《か》えたばっかかなんすよ」

「うーーむ、じゃあ、うちの人に聞いてみるしかないな」

警官《けいかん》から言われ、「え、えええええ――!?」と、翔《しょう》は立ち上がり、大げさに叫《さけ》んだ。

「や、やばいっすよ。頼《たの》みますよ。親には内緒《ないしょ》にしてくださいよっ!!」

それを見《み》て、カネが憎々《にくにく》しげに言う。

「何、甘《あま》ったれたこと言ってんだろうね。厚《あつ》かましい! くやしかったら、早くあたしの年金、返しなさい!!」

「し、知らないって言ってんだろ?」

「っきぃ――――! 往生際《おうじょうぎわ》の悪い子だねぇ。おまわりさん、ちゃんと取り調べしてくださいよ!! あたしゃ、告訴《こくそ》でもなんでもしますからね」

告訴と聞いて、翔《しょう》はヘナヘナと座《すわ》りこんでしまった。

「まぁまぁ、おばあちゃん。もういいから、とりあえず家に帰って。いいね? 何か進《しん》展《てん》があったら連絡《れんらく》するから。おばあちゃんの家は、川名町《かわなちょう》の二丁目でよかったんだよね?」

調書を見ながら警官が言うと、カネは何度もうなずいた。

「そうだよ。緑色の屋根の家だ。表札にも『今田《いまだ》カネ』と出てるからすぐわかるはずだよ」

「わかった。じゃあね」

ほとんど追《お》い払《はら》うようにして、カネを家に帰すと、警官《けいかん》はふと元《げん》たちを見て言った。

「ああ、君たちももういいよ」

な、なんなんだ、それは！

これだけ待たせておいて、その一言で終わり？

元《げん》も瑠香《るか》も顔を見合わせた。

夢羽《むう》は、ひとり無関心な顔で腕組《うでぐ》みをしている。

「で、でも……ほんとに、この人、そんなに悪い人じゃないんです。オレ、子供《こども》の頃《ころ》からよく知ってるから……。お年寄《としよ》りにも親切だし。だか

ら、翔兄《しょうにい》ちゃんに限《かぎ》って、連続ひったくり犯《はん》だなんて」

元《げん》が言うと、翔《しょう》は涙目《なみだめ》でウンウンとうなずいた。

だが、警官《けいかん》はあっさり言った。

「あのねぇ。この人に限って……っていうような人が意外と犯人だったりするんだよ。残念なことだけどね。とにかく、君たちはもう帰りなさい」

元《げん》は、助けを求めるように夢羽《むう》を見た。

しかし、ずっと黙《だま》って聞いていた彼女《かのじょ》。何も言わないまま、ひとり交番から出て行ってしまったではないか。

「あ、夢羽《むう》！」

その後を瑠香《るか》が追いかける。

しかたなく、元《げん》も「じゃあ……、翔兄《しょうにい》ちゃん、ごめんね」と、彼女《かのじょ》たちの後を追いかけることにした。

自転車に乗る時、ちらっと見えた翔《しょう》。彼《かれ》の、なんとも情《なさ》けない、心細そうな顔がすごく印象的だった。

5

「でも、本当なんだよ。翔兄《しょうにい》ちゃん、ああ見えて、けっこう子供《こども》やお年寄《としよ》りに親切なんだよ」

弁解《べんかい》するように、必死に言う元《げん》。

瑠香《るか》はなだめるように言った。

「誰《だれ》もウソだなんて言ってないよ。元《げん》くんがそう言うんならそうなんじゃない？」

瑠香《るか》がそんなふうに言ってくれるとは思ってなかったから、元《げん》は少し感動した。

わりと優《やさ》しいとこ、あるじゃないか。

「でも、困《こま》ったことになったね。一昨日《おととい》、何してたか、覚えてないっていうのは。学校とかに行ってたんならいいのに」

「そうだなぁ……。あぁあ、翔兄《しょうにい》ちゃん、またおじさんたちに叱《しか》られるんだろうなぁ」

元《げん》はポツンとつぶやいた。

あそこの家は、おばさんも口うるさいが、おじさんも輪をかけてうるさいんだ。なのに、あの格好《かっこう》を続けてる翔《しょう》は、ある意味すごいなぁと元《げん》は思っていた。

「あのさ、茜崎《あかねざき》。なんとかならないかなぁ……」

元《げん》が言うと、夢羽《むう》は自転車を飛ばしながら顔を向けた。

涼《すず》やかな顔が夕日に映えて、ぞくっとするほどきれいだった。

「ならなくもないけど……今の段階《だんかい》で、何かするのは早い。彼《かれ》の両親が、一昨日《おととい》のアリバイを証明《しょうめい》するかもしれないし。とりあえずあしたまで待ってみるのがいいと思う。それに、あんたたちは、その段ボール、学校に持っていくんだろ？」

元《げん》と瑠香《るか》がうなずくと、夢羽《むう》は手を挙げ、

「じゃ、わたしは帰るから」

と、スピードを上げ、先に行ってしまった。

そのほっそりした後ろ姿《すがた》を見送りながら、元《げん》は小さくため息をついた。

「夢羽《むう》の言う通りだよ。あした、峰岸《みねぎし》さんに電話して聞いてみてあげるから、元気だしてよ！」

そんな元《げん》に瑠香《るか》はそう言うと、ニコニコ笑った。

ま、そうくるとは思ってたけれど。

それにしても、今夜は翔兄《しょうにい》ちゃん、どうするんだろう。もしかして、留置場《りゅうちじょう》に入れられたりするんだろうか？

テレビドラマに出てくる寒そうな留置場に、たったひとりでいる翔《しょう》が浮《う》かんできて。

元《げん》は、もう一度ため息をついた。

＊＊＊

「いや、それはないだろう？　だって現行犯《げんこうはん》じゃないんだからさあ」

その夜、元《げん》の父、英助《えいすけ》がブカブカのトランクスとT《ティー》シャツ姿《すがた》のまま、ビールを飲みながら言った。

「そうかなぁ？」

元《げん》が顔を輝《かがや》かせて聞き返すと、英助《えいすけ》は首を傾《かし》げた。

「うん、まぁ、確証《かくしょう》はないけどな」

「がくっ」

「ははは。ま、でもさ。だいじょうぶだよ。翔《しょう》くんだって、もう立派《りっぱ》な大人《おとな》なんだし。たとえ一晩《ひとばん》くらい留《と》められたって、いい経験《けいけん》になるってもんさ」

目のあたりを赤くして英助《えいすけ》が言うと、後ろで食器を洗《あら》っていた春江《はるえ》が横目でにらみつけた。

「んもう、無責任《むせきにん》過ぎるわよ。それに、翔《しょう》くんはまだ十八歳よ！」

「ああ、そっか。じゃあ、まだ法律的《ほうりつてき》には未成年か」

元《げん》は両親のやりとりを聞いて、首を傾《かし》げた。

「法律的には未成年って……いつから大人になるの？」

「二十歳《はたち》からだよ。お酒も二十歳からって決められてるだろ？　それまでは未成年」

と、英助《えいすけ》が答える。

「そうなんだぁ」

「そうそう。ま、だからだいじょうぶだって」

と、あくまでも気楽な言い方をする英助《えいすけ》に、春江《はるえ》はまだプンプン怒《おこ》っている。どうやら、別件《べっけん》で機嫌《きげん》が悪いらしい。

「だから、あなたは気楽過《す》ぎるって言ってるのよ。世の中にはね、えん罪《ざい》ってものもあるのよ！」

「えん罪？」

元《げん》が聞き返すと、春江《はるえ》は大きくうなずいた。

「そう。『ぬれぎぬ』とも言うわね。やってもいないことなのに、やったことになっちゃって。そういうんで、死刑《しけい》になっちゃったりする場合もあるんだから」

「し、死刑!?」

思わず元《げん》の声がひっくり返る。

「ママ、ひったくりで死刑はないから。それに、日本《にほん》にはね。『疑《うたが》わしきは罰《ばっ》せず』という言葉だってあるんだ」

英助《えいすけ》が口の端《はし》にビールの泡《あわ》をつけたまま苦笑した。

「それ、何？」

ソファーに寝《ね》っころがってテレビを見ていた元《げん》の妹、亜紀《あき》がヒョイと振《ふ》り向《む》いた。

すると、英助《えいすけ》はゴホンと咳払《せきばら》いをして言った。

「つまりだ。その人が犯人《はんにん》かどうか、シロかクロか、はっきり確証《かくしょう》が持てるまでしっかり調べて、審議《しんぎ》してからじゃなきゃ罰《ばつ》することはしないっていうことだ。限《かぎ》りなくクロに近い灰色《はいいろ》でも、無罪《むざい》になるケースは多いんだよ」

「へぇー」

亜紀《あき》は気のない返事をして、またテレビを見始めた。あっさり興味《きょうみ》を失ったらしい。でも、元《げん》は違《ちが》う。

よくわからないけれど、法律《ほうりつ》とか、すごく遠い世界のように思えていたのに、けっこう身近なんだなと思えたからだ。

6

「あ、そうそう。その通りだよ。一応《いちおう》、相沢翔《あいざわしょう》くんは身元もわかってるわけだし、未成年だしね。こちらで十分に調べてみて、やっぱり犯人《はんにん》である可能性《かのうせい》が高いと判断《はんだん》された場合にだけ、令状《れいじょう》を取って、参考人として任意《にんい》出頭してもらって、事情《じじょう》聴取《ちょうしゅ》させてもらうことになると思うよ」

今時のイケメン刑事《けいじ》、峰岸《みねぎし》は翌日《よくじつ》の放課後、警察署《けいさつしょ》までやってきた元《げん》、瑠香《るか》、夢羽《むう》に説明をしてくれた。

といっても場所は、例によって、警察署近くの喫茶《きっさ》「ナイヤガラ」。

すっかり峰岸《みねぎし》のファンになってしまった瑠香《るか》は、彼《かれ》の隣《となり》にちゃっかり座《すわ》っている。

夢羽《むう》は、元《げん》の隣で……例によって何を考えているのかわからない顔で、黙《だま》っていた。

「『任意《にんい》出頭《しゅっとう》』って、どういう意味ですか？」

元《げん》が聞くと、峰岸《みねぎし》は「ああ……」という顔で説明してくれた。

「来るかどうかは自由です、嫌《いや》だったら来なくてもいいってことだよ。とはいえ、捜査《そうさ》に協力するというのが市民の務《つと》めだからって、普通《ふつう》はみんな来てくれるけど」

「そっかぁ。でも、犯人《はんにん》だったら出頭しないってこともあるのかなぁ」

元《げん》が言うと、瑠香《るか》が口をはさんだ。

「行かないと、やっぱり犯人なんだろって疑《うたが》われるかもしれないじゃん。わたしなら出頭するな。ねぇ、夢羽《むう》ならどうする？」

聞かれた夢羽《むう》は、黙《だま》ったまま首を傾《かし》げた。

昨日《きのう》、結局翔《しょう》は、住所氏名などを書いた後、家族に連絡《れんらく》された。

ちょうど昨日は母親が自宅《じたく》にいたので、すぐ飛んできていろいろ話したんだそうだが。

結局、問題の日、彼《かれ》がどこで何をしていたか証明《しょうめい》することはできなかった。

そこで、今後、捜査《そうさ》に協力するようにと釘《くぎ》を刺《さ》された上で、無事帰されたんだそうだ。

「すぐにそのことはこっちにも報告《ほうこく》があったから、一応《いちおう》調べたんだが。カネっていうおばあさんがひったくりされた日に、ちゃんと被害届《ひがいとどけ》が出てたからさ。それによれば、カネさんの言っていた通り、七月二日《ふつか》午後五時前後のことなんだよね。そこまではっきりわかってるんだから、その時のアリバイさえ証明できれば、相沢《あいざわ》くんも晴れて無罪放免《むざいほうめん》ってことになるんだけどな……」

峰岸《みねぎし》は、そう言うとブラックコーヒーをすすった。

「じゃ、できなかったらどうなるんですか?」

元《げん》が聞くと、峰岸《みねぎし》は首を傾げた。

「もしかすると……他の被害者《ひがいしゃ》に、彼《かれ》の写真を見てもらったりすることはあると思う」

「写真を？」

「ああ。何人か、同じような人たちの写真も混《ま》ぜて。そのなかから、犯人《はんにん》がいるかどうか、判断《はんだん》してもらうんだ」

「それ、見たことある！　テレビで」

瑠香《るか》が言う。元《げん》も見たことがあるのを思い出した。

「今回、ひったくりの被害《ひがい》に遭《あ》ってるのはみんなお年寄《としよ》りで。すでに十人以上いるんだ。なかには、その際《さい》にちょっとした怪我《けが》をした人までいるし、うちでも本腰《ほんごし》を入れて捜査《そうさ》してるところなんだが、なかなか決め手となる情報《じょうほう》や証拠《しょうこ》がなくてね。だんだん、手口も巧妙《こうみよう》になってきてるし。どんな情報《じようほう》でもほしいというのが、本音ではあるんだ」

「で、万が一、翔兄《しようにい》ちゃんが犯人《はんにん》だって、その被害者《ひがいしや》の人たちが言った場合はどうなるんですか？」

「うむ……ま、そうなればより犯人だという疑《うたが》いが強くなるわけで。ひょっとすると、捜査令状《そうされいじよう》を取って、家宅捜査《かたくそうさ》、および、事情聴取《じじようちようしゆ》……ってことになるかもしれないな」

「うわぁぁ」

元《げん》は頭を抱《かか》えた。

こりゃ大変なことだ!!

「で、でも、でもですね。何度も言ってるんですけど。翔兄《しようにい》ちゃんはそんな人じゃないんです。子供《こども》とかお年寄《としよ》りとかに親切だし。人は見かけで判断《はんだん》しちゃいけないと思うんですよ！　お願いします、峰岸《みねぎし》さん。翔兄《しようにい》ちゃんの力になってあげてくださいっ！」

元《げん》は必死に言った。

翔《しよう》が犯人だとはとても思えなかったからだ。

これは絶対《ぜったい》「えん罪《ざい》」だ。「ぬれぎぬ」だ！

峰岸《みねぎし》は柔《やわ》らかに微笑《ほほえ》んで、元《げん》に言った。

「だいじょうぶ。あのね。テレビとかでは、犯人《はんにん》を捕《つか》まえるための捜査《そうさ》をするのが刑事《けいじ》とか警察《けいさつ》の仕事みたいになってるけど。本当は、その人が本当に犯人なのかどうか、十分な証拠《しょうこ》を集めたり、関係者から事情《じじょう》を聞いたり……っていう捜査のほうがメインなんだ。見かけだけで、そんなに簡単《かんたん》には決めつけたりしないって」

元《げん》はそれを聞いてホッとした。

その時、峰岸《みねぎし》のケータイが鳴った。

彼《かれ》はケータイに出ると、二言、三言話した後、すぐに立ち上がった。

「ごめん。ちょっと急用ができてしまった。じゃあ、またね！」

と言って、レジで会計をすませた。急いで出ていく後ろ姿《すがた》を見て、瑠香《るか》が目をハートマークにして言った。

「かっこいーい！」

「ちぇ、あれが太ったおじさん刑事《けいじ》だったら違《ちが》うんだろ？」

元《げん》が言うと、瑠香《るか》はケラケラ笑った。

「あったり前じゃない!?」

「はぁ。それにしても、困《こま》ったなぁ。このままじゃ、翔兄《しょうにい》ちゃん、寝《ね》られないんじゃないかな……」

元《げん》はため息をついた。

「そうね。なんか気が弱そうだもんね。おまわりさんに交番に来てって言われただけで逃《に》げ出《だ》しちゃうんだもん」

と、瑠香《るか》が言う。

ちらっと夢羽《むう》のほうを盗《ぬす》み見る。

今回、彼女《かのじょ》はちっとも何も言ってくれない。

とはいえ、こうしてちゃんとつきあってくれてるんだから、いつか何かいいアイデアを言ってくれるんじゃないかと期待していた。

すると、そんな元《げん》の気持ちが通じたのか。

今までずっと黙《だま》ってコーラを飲んでいた夢羽《むう》が口を開いた。

「ちょっと……試《ため》してみたいことがあるんだけど」

元《げん》と瑠香《るか》は、「待ってました！」とばかり、目を輝《かがや》かせた。

「なになに？」

「何かいいアイデアあるの？」

と、ふたりとも身を乗り出して真剣《しんけん》に聞く姿勢《しせい》をとった。

夢羽《むう》は、自分《じぶん》のアイデアを話し始めた。

7

翌日《よくじつ》。

今田《いまだ》カネは、一昨日《おととい》のこと（年金ひったくり犯《はん》を自力で捕《つか》まえたこと）を得意気に、あちこち電話しまくっていた。

「歳《とし》は取ってもね、ボケちゃいないんだから！　年寄《としよ》りをバカにしちゃいけないっていうんだよ」

今も電話で、フラダンスサークルの友人に大きな声で話していた。

今日《きょう》も昼過《ひるす》ぎから、あちこちに電話して。もう夕方近くになっている。

カネは三年前に夫を亡《な》くし、今は一軒家《いっけんや》に、まるまる太ったトラ猫《ねこ》のトラと気楽に暮《く》らしている。

すぐ近くに息子夫婦《むすこふうふ》が住んでいて、毎日のようにようすを見に来てくれているから、不安もない。まだ足腰《あしこし》、しっかりしていて、買い物なども自分で行ける。

夫が残してくれた家や貯金《ちょきん》、そして年金で、細々とではあるが、不自由のない暮らしをしていた。

「そうそうそう！　若《わか》いもんはね、そういうとこが抜《ぬ》けてるっていうんだ……」

和室のまんなかに置かれた茶色いちゃぶ台をドンドンと叩《たた》きながら言う。

電話はまだまだ終わりそうになかったが、ピンポーンと玄関《げんかん》のチャイムが鳴った。

ひょいと首だけ伸《の》ばし、玄関のほうを見る。

「おや、ちょっと待って。誰《だれ》か来たようだね。いや、何。新聞屋か何かだろう。ちょっ、ちょっと待ってて……」

受話器を電話の隣《となり》に置き、カネは「よっこいしょ」とかけ声をかけて立ち上がった。

そして、玄関《げんかん》までゆっくり歩いていった。

玄関のゲタ箱の上にはトラ専用《せんよう》の座《ざ》布《ぶ》団《とん》が置かれている。夏涼《すず》しく、冬暖かなその場所が、彼《かれ》の定位置なのだが。その日もいつもと同じように、そこで昼寝《ひるね》をしていたトラが片目《かため》だけ開き、カネのようすを見た。

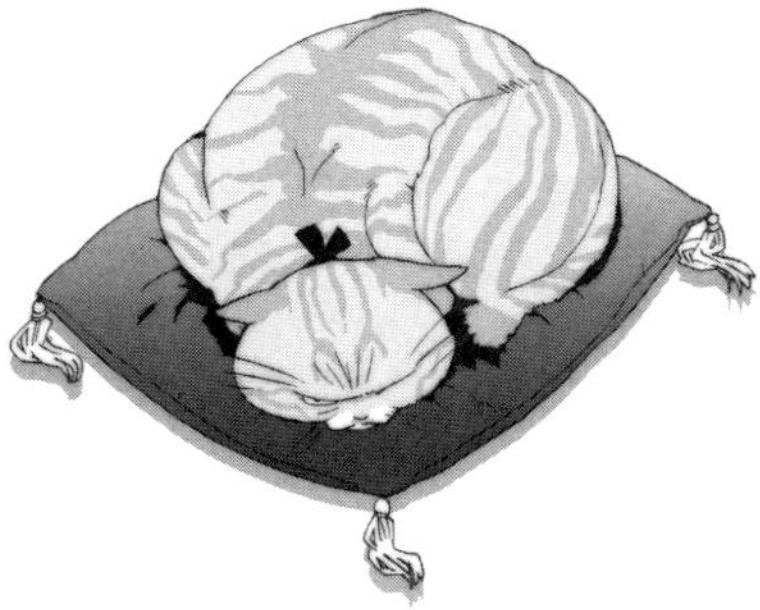

「はいはい。どなた様？」

カネは、ドア越《ご》しに声をかけてみた。

「…………」

何も返事がない。

カネは首を傾《かし》げ、もう一度……少し大きめの声で聞いてみた。

「どなた様⁇」

しかし、やはり返事がない。代わりに、もう一度ピンポーンとチャイムが鳴った。

トラは、うるさいなぁという顔で起き上がり、そのついでに伸《の》びをした。

カネはため息をつきながら、ドアを開き、目をまん丸にして棒立《ぼうだ》ちになった。

目の前に、ツンツンと短めの茶髪《ちゃぱつ》を立てた若《わか》い男が立っていたからだ。

耳《みみ》や眉《まゆ》にピアスをして、ジャラジャラと太いチェーンをして。ずり落ちそうなジーンズにぶかぶかのT《ティー》シャツ……。

首を伸ばし、怪《あや》しいなぁという顔で、トラがにらみつける。

「お、お、おまえは……!! 一昨日《おととい》の不良だね。どういうことだい？ ああ、謝《あやま》りにでも来たのかい？ だ、だめだよ。出るとこ出て、ちゃんと裁《さば》いてもらおうじゃないか」

カネは一瞬《いっしゅん》ひるんだが、腹《はら》に力を入れ、大声で言った。

そして、

「ほら、そんなところに立ってちゃ邪魔《じゃま》だよ。さっさとお帰り！ 帰らないと、警察《けいさつ》を呼《よ》ぶよ!!」

と、玄関《げんかん》に置いてあった杖《つえ》を取り、ブンブン振《ふ》り回《まわ》した。

その勢《いきお》いに圧《お》されたのか、若い男がすごすごと引き返していったのを見て、ほっとため息をついた。

バタンッ！　と、大きな音をたててドアを閉《し》めると、カギをしっかりかけた。

そして、大急ぎで居間《いま》までもどると、中断《ちゅうだん》していた電話に出たのである。

「はぁぁ、びっくりしたよ。え、ええ？　ああ、それがね、一昨日《おととい》のひったくり犯《はん》、いただろ。あいつが今来たんだよ、突然《とつぜん》。え？　いや、追い返してやったよ。まぁ、きっと謝《あやま》りにでも来たんだろうがね。裁判《さいばん》にかけられるのが怖《こわ》くなったんだろうけど。え？まさか。だめだめ。そう簡単《かんたん》に許《ゆる》しゃしないよ。そりゃそうさ……」

と、またさっきの倍くらい元気な声で話し始めた。

トラはその一部始終を見た後、また座布団《ざぶとん》に丸くなり、昼寝《ひるね》の続きを始めた。

しかししかし。

またまたピンポーンとチャイムが鳴ったではないか。

猫《ねこ》もため息をつくことがある。

この時のトラもそうだ。ふうっと短くため息をつき、カネのほうを見た。カネは受話器を持ったまま、目を三角にしていた。

「まったく!!　……え？　いやぁ、また来たんだよ。い、いや、だいじょうぶだよ。もう一度、ビシッと言ってやる。うんうん、じゃあ、ちょっと切るよ。悪いね、はいはい」

カネは友人にそう言うと、鼻息も荒《あら》く電話を切った。

そして、両手をギュッと握《にぎ》りしめ、ドカドカと足音をたて、玄関《げんかん》まで行くと、ドアを勢《いきお》いよく開けた。

さっきと同じく、若《わか》い男がヌボーッと立っている。

短めのツンツン立った茶髪《ちゃぱつ》に、ピアス、細い眉《まゆ》、ブカブカのT《ティー》シャツに、ずり落ちそうなジーンズ……。

「いくら来たって無駄《むだ》だって言ってるだろ？　まったく。あきらめの悪い子だねぇ。何か言いたいことがあるのかい？　まぁ、いいさ。聞くだけは聞いてやる」

と、カネが腰《こし》に手を置き、うながしたのだが……。

なんと！　男は何も言わず、スタスタと帰って行ってしまったではないか。

「……っ!!　な、、っ!?」

カネは目をパチクリして、「まぁ！」「まぁ！」と、何度も繰《く》り返《かえ》した。

そして、その場で足をドタバタやって、本当に地団駄《じだんだ》を踏《ふ》んで悔《くや》しがった。

「ど、ど、どういうんだろうねぇ、もう!!　あぁ、もう、頭にくる!!」

そのようすをトラがジーッと見ている。

カネはドアを思いっきり強く閉《し》め、玄関口に座《すわ》りこんでしまった。

肩《かた》を上下させ、ハァハァと息をつく。

「来るよ。あいつ、また絶対《ぜったい》に来る。トラ、見ておいで。あいつはね、こうやって、あたしに嫌《いや》がらせをしようっていう魂胆《こんたん》なのさ。あたしが気味悪がって、告訴《こくそ》をしないようにって、そういう腹《はら》なんだ。そうは問屋がおろすかってんだ!」

声をかけられたが、トラは興味《きょうみ》がなさそうに大きなあくびをして、目を閉《と》じた。

カネは座りこんだまま、閉まったドアをジーッと見つめ、やがて目を閉じた。

しばらくして。

カネの予告通り、もう一度ピンポンとチャイムが鳴った!!

パチッとトラが目を開くと同時に、カネの目も開いた。

彼女《かのじょ》はゆっくり立ち上がると、咳払《せきばら》いを一度して、ドアを開けた。

予想通り、やはり若《わか》い男がボーっと立っていた。

「まったく、どういう了見《りょうけん》だろうね。いいかい？　そんな脅《おど》しに、あたしがひるむとでも思ってんのかい？　おあいにくだね。あたしゃ、怖《こわ》いものなんかこれっぱかしもないんだ。別に殺されたって平気さ。天国に先に行ったじいさんが待っててくれてるからねえ！」

すごい剣幕《けんまく》で、カネはまくしたてて、外に出る。

男はその剣幕に圧《お》されたのか、二、三歩後ろに下がった。

カネはズカズカと大股《おおまた》で男のほうに向かっていった。

男は困《こま》り切《き》った顔で、さかんに頭をかいている。

「ほら、いっしょに一昨日《おととい》の交番に行こうじゃないか。言いたいことがあるなら、そこでキッチリ言っとくれ。そうさ。こういう話し合いにはね。第三者ってもんが必要なんだよ！　じゃないと、言った言わない、見た見てないっていう話になって、もめるもとになるんだ」

カネに言われっぱなし。

男は困《こま》った顔のまま左右を見た。

「ほら、なんとかお言い!!　また逃《に》げたりしたら承知《しょうち》しないからね」

カネが杖《つえ》を振《ふ》りかざし、男をにらみつけた時である。

彼女《かのじょ》の顔色がサーッと青くなっていった。

8

「わ、わ、悪い冗談《じょうだん》はやめておくれ!!」

カネは悪夢《あくむ》を見たか、冷水でも浴びせかけられたか、幽霊《ゆうれい》でも見たような顔になっていた。

その若《わか》い男とうりふたつの格好《かっこう》をした男がふたり、少し離《はな》れた角から姿《すがた》を現《あらわ》したからだ。

計三人の若《わか》い男たちがカネの家の前に並《なら》び、その後から夢羽《むう》たち、そしてねじり鉢巻《はちまき》にエプロンをしたおじさんも出てきた。

その異様《いよう》な光景に、カネは後ずさりした。

表のようすが騒《さわ》がしいので、トラはトンとゲタ箱から飛《と》び降《お》り、家の外にのっそりと出てきた。

そして、カネの横に座《すわ》って、男たちを見上げた。

その時、スッと三人の男たちの横に夢羽《むう》が立ち、左端《ひだりはし》の男を指さした。

「彼《かれ》が相沢翔《あいざわしょう》さんです」

急に登場した美少女に、カネはさらにギョッとした。

「な、な、なんなんだい!! 子供《こども》のいたずらならやめとくれ」

夢羽《むう》は冷静な声で言った。

「よく見てください。三人、まったくの別人です。他のふたりは相沢《あいざわ》さんのお友達《ともだち》です。今田《いまだ》さん、本当は顔じゃなくて、格好《かっこう》で判断《はんだん》したんじゃないですか?」

カネはびっくりして、マジマジと三人を見つめた。

同じような髪型《かみがた》で、場所は違《ちが》えどあちこちにピアスをして、細い眉《まゆ》をしている。ブカブカのT《ティー》シャツに腰《こし》までずり下げたジーンズ、ビニサン……。

たしかに、こうして並《なら》んでいるのを見比《みくら》べると、顔はそれぞれ違《ちが》っている。

目が細いの、アゴがとがってるの、鼻の先が丸っこいの……。

しかし、カネはブルブルと激《はげ》しく首を左右に振《ふ》った。

「いいや、違う！　ちゃんと見たんだ。そう、こ、こいつだったよ!!　あたしゃ、忘《わす》れない。さっきはただ格好《かっこう》が似《に》てたから、ごっちゃになっただけだ。こうして三人並《なら》んでみればわかる。そうとも。こいつがあたしの年金をひったくっていったんだ!!」

カネは夢羽《むう》が指さした左端《ひだりはし》の男を指さし、ガアガアわめきたてた。

すると、夢羽《むう》はぺこりと頭を下げた。

「すみません。今田《いまだ》さん、だますようなことをして」

「……え??」

何を謝《あやま》られてるのかわからないカネは、夢羽《むう》を見た。

夢羽《むう》は口をへの字にして言った。

「この人、本当は相沢翔《あいざわしょう》さんじゃなくって、そのお友達《ともだち》の村田《むらた》健吾《けんご》さんなんです」

「え、えええ??」

「右側の人は、やっぱりお友達《ともだち》の茂村吉人《しげむらよしと》さん。相沢《あいざわ》さんはまんなかの人です」

「…………」

カネは口をあんぐり開けて、目も見開いて、夢羽《むう》と男たちを交互《こうご》に見比《みくら》べていた。

トラはうさんくさそうに、男たちの足下をゆっくりと歩き回っていた。

そこに、ねじり鉢巻《はちま》きのおじさんが割《わ》って入った。

「今田《いまだ》さん、オレだよ。ほら、ヤオナガの長井《ながい》だよ」

カネは目も口も開けたまま、おじさんを見上げた。

一昨日《おととい》逃《に》げ出《だ》そうとした翔《しょう》を捕《つか》まえた長井《ながい》に頼《たの》んで、来てもらっていたのだ。子供《こども》たちだけでは、話にならないだろうという夢羽《むう》の判断《はんだん》からだった。

「驚《おどろ》かせるようなことをして、悪かったねぇ。でもさ。たしかに、こういう格好《かっこう》をしている若《わか》いもんはみんな同じように見えるからねぇ」

と、長井《ながい》が取りなす。

しかし、カネは顔を真《ま》っ赤《か》にして言った。

「あ、あ、あんたら、寄《よ》ってたかって年寄りをバカにして」

「い、いや、そういうことじゃないよ。そうじゃなくってさあ。オレも一昨日《おととい》はワケもわからず、こいつを捕《つか》まえたりしたけどさ。今日《きょう》、この子供《こども》たちが必死に頼《たの》むからさぁ。ま、ちょっと協力したってわけで。でも、やっぱし、あんた、はっきりとは覚えてなかったじゃないか。な？　それくらい認《みと》めてやれよ。この子、そうとう親にしぼられたらしいぜ？　身に覚えもないのに、ちょっとかわいそうじゃないかなぁ」

怒《おこ》り出《だ》したカネをなんとかなだめようと、長井《ながい》は頑張《がんば》ったが、なかなか簡単《かんたん》なことではなかった。

彼女《かのじょ》は両手を握《にぎ》りしめ、小さな体で大地を踏《ふ》ん張《ば》って言った。

「と、とにかく、そういうんなら、真犯人《しんはんにん》を捕《つか》まえて、あたしの年金を取りもどしてきなさいよ。それか、そのあんちゃんが、四日前の夕方、別のところにいたっていう確《たし》かな証拠《しょうこ》を見つけてきな！　そうじゃなきゃ、こんな手品みたいなことされたって、絶対《ぜったい》に納得《なっとく》できないからね。百歩譲《ゆず》って、その子かどうかわからないってのは認めたって、その子じゃないってことにはならないだろ？」

ものすごい理屈《りくつ》だが、まぁ、たしかにそうとも言えるな。

元《げん》は、瑠香《るか》とふたり、そのようすを見ながらそう思った。

「ちぇ、元気のいいババアだぜ」

翔《しょう》の友達《ともだち》の村田健吾《むらたけんご》が笑いながら言うと、カネはそれを聞きとがめ、

「なんだって!?」

と、食ってかかった。

「あ、いえ、な、なんでもないっす。はは、はは」

村田《むらた》は、瞬《また》く間に降参《こうさん》し、ぺこぺこと頭を下げたが、彼《かれ》の足に、トラがバシッと猫《ねこ》パンチをした。

「い、いてぇ」

村田《むらた》は反射的《はんしゃてき》にトラをけろうとしたが、トラは体つきからは想像《そうぞう》もできないほどの軽い身のこなしでヒョイと避《よ》けた。バランスを崩《くず》して、村田《むらた》はひっくり返りそうになる。

カネは、そのようすを見て、いい気味だという顔。トラを叱《しか》るわけでもなく、家のなかにスタスタと入っていってしまった。トラも悠然《ゆうぜん》とその後をついていく。

ドアが閉《し》まると同時に、翔《しょう》が「だぁぁ！」と、その場にしゃがみこんだ。

9

「だめじゃねえかよぉ。こうすりゃ、相手、納得《なっとく》するかもって言うから、んなめんどくせえこと、わざわざみんな呼《よ》んでやったのに。悪いな、なんかさ」

翔《しょう》はふてくされた顔で、似《に》たような格好《かっこう》をした友達《ともだち》ふたりを見上げた。

トラに猫《ねこ》パンチをされた村田健吾《むらたけんご》は、

「いいって、いいって。ま、あのばあさんもさ、銀行のカードやらハンコやら、年金手帳やら、全部盗《と》られたからカッカきてんだろうけど。オレに言わせれば、んなもん、持ち歩くほうがおかしいって。自業自得《じごうじとく》だぜ」

と、翔《しょう》を慰《なぐさ》めた。

しかし、翔《しょう》はちっとも納得がいってない。

しゃがみこんだまま、なおもブチブチ文句《もんく》を言った。

「ったくよぉ。ばっかみてえ!!　まったく意味ねえじゃん！」

すると、夢羽《むう》が言った。

「意味がないわけじゃないよ」

翔《しょう》は夢羽《むう》を恨《うら》めしそうに見上げた。

「なんでだよ。ばあさん、納得《なっとく》しなかったじゃねえか。あれじゃ、やっぱ本気でオレを訴《うった》えるぜ？」

「でも、ここにちゃんとヤオナガのおじさんがいて、一部始終を見てたんだから。裁判《さいばん》になったとしても証言《しょうげん》してくれるはずだよ。今田《いまだ》カネさんの目撃証言《もくげきしょうげん》は信憑性《しんぴょうせい》が低いって」

夢羽《むう》に言われ、翔《しょう》は驚《おどろ》いた顔で長井《ながい》を見た。

長井《ながい》は大きくうなずき、

「ああ、ドーンと任《まか》せておきなよ。ありゃ、ダメだな。信憑性、ゼロだ！ま、それより、カネさんが言ってた通り、真犯人《しんはんにん》が早いとこ捕《つか》まってくれりゃ、世話ないんだがなあ」

と、肩《かた》をすくめた。

「そ、そうだよ!!　ったくぅ。警察《けいさつ》がしっかりしないから、オレらが疑《うたが》われるんじゃん」

翔《しょう》は逆《ぎゃく》ギレとも言える言い方で言った。

その翔《しょう》を夢羽《むう》がにらみつけた。

「あんた、それより自分が四日前に何してたか、早く思い出しなよ。そんなこともはっきり覚えてないような、ぼんやりした生活送ってるから、こういうことになるんだろ?」

黙《だま》っていれば、アイドルかモデルのような美少女の夢羽《むう》からビシッと言われ、翔《しょう》はゴクリとつばをのみこんだ。

「かっこいい!」

瑠香《るか》が無責任《むせきにん》に、パチパチ手を叩《たた》く。

「でも、本当だよ。翔兄《しょうにい》ちゃん、ほんとに何も覚えてないわけ?」

元《げん》が翔《しょう》に聞くと、翔《しょう》は口をへの字にして立ち上がった。

「じゃあ、聞くけどさ。おまえ、覚えてるか? 四日前の夕方、何してたかなんて」

「……う、ううぅ」

そう言われれば、たしかにすぐ答えられない。

たぶん、家に帰ってたか、どこかで遊んでたか……。えーと、四日前だろ? うーん、うーん……。あ、あれ？　おかしいな。えっと……。

頭を抱《かか》えてしまった元《げん》を見て、翔《しょう》は「だろ？」と聞き返した。

「だ、だけどさぁ。なんとかしなきゃ。いつまでも、疑《うたが》われたまんまじゃ困《こま》るでしょ？」

「困るよ!!」

と、言い合っていると、「カシャッ！」と電気的なシャッター音がし、フラッシュが眩《まぶ》しく光った。

びっくりしてふたりともそっちを見た。

そこには、夢羽《むう》がいて。手にすっぽり入るような小さな薄型《うすがた》のデジタルカメラを持っていた。最新型らしく、見たこともないやつだ。

どうやら翔《しょう》の顔を撮影《さつえい》したらしい。

「何、勝手に撮《と》ってんだよ！」

翔《しょう》が食ってかかると、夢羽《むう》は軽くため息をついて言った。

「あんたの写真で、聞きこみしようと思っただけだよ。ま、別にいいけど？　あんたのアリバイ探《さが》し、協力しなくていいんなら」

すると、翔《しょう》はあわてて首を振《ふ》った。

「い、いや、頼《たの》むよ！　そ、そうだな。おまえたちみたいな小学生のほうが相手も気を許《ゆる》して協力してくれるかもな⁉」

それには返事もせず、夢羽《むう》は小型のデジカメを操作《そうさ》し、その場でジジ——ッと小さい写真をプリントアウトした。

普通《ふつう》のプリントサイズの四分の一くらいだが、顔ははっきり映《うつ》っていた。

なるほど。この写真を持って歩いて、問題の日に見かけなかったかどうか、聞いて回ろうっていうのか。

ますます刑事《けいじ》ドラマのようだ。

「すっげぇ。最近の小学生はハイテクなもん持ってんだな」

翔《しょう》やその友達《ともだち》が見て、しきりと感心する。

瑠香《るか》は、大げさにため息をついて言った。

「ったくぅ。しっかりしてよね。相沢《あいざわ》さん、あなたも自分のことなんだから、やれることはやってよ‼」

両手を腰《こし》に置き、まるで先生が生徒を諭《さと》すような調子だ。

翔《しょう》も、その迫力《はくりょく》に圧《お》され、「は、はい……」と、素直《すなお》に返事してしまった。

そのようすを見て、長井《ながい》は苦笑し、

「じゃ、オレはもう行くよ！　ま、これも何かの縁《えん》だ。お客さんにも聞いといてやるよ」

と、片手《かたて》を挙げた。

「あ、すみません。ありがとうございました」

夢羽《むう》が言い、元《げん》も頭を下げた。

「相沢《あいざわ》さん、あなたもお礼言ったほうがいいんじゃない？」

と、瑠香《るか》に言われ、翔《しょう》もあわてて頭を下げた。

その時、アニメの主題歌が流れた。

瑠香《るか》は自分のバッグからピンク色のケータイを取り出した。

「あ！　峰岸《みねぎし》さんからメールだ!!」

「ウソ。なんて⁇」

元《げん》が聞くと、彼女《かのじょ》はニマニマして言った。

「うふ。昨日《きのう》、『さっきはどうもありがとうございました』ってメールしたから、その返事。『いつでもまた遊びに来てね！』だって」

「はぁ、そうですか。……っつうか、なんで峰岸《みねぎし》さんのメールアドレス知ってんだよ！」

「えへへ、メルアドだけじゃないよ。ケータイ番号だって知ってるもんねー！」

元《げん》はシラッと横目で瑠香《るか》を見た。

そして、翔《しょう》たちがケータイで誰《だれ》かに電話をしているのを見て思いついた。

「あ、そうだ。翔兄《しょうにい》ちゃん、翔兄《しょうにい》ちゃんのケータイ番号も教えといてもらったほうがいいんじゃないかな。すぐ連絡《れんらく》したい時、あるかもしれないし」

元《げん》に言われ、瑠香《るか》は早速《さっそく》翔《しょう》と、ケータイ番号とメールアドレスの交換《こうかん》を行った。

これで準備《じゅんび》は万端《ばんたん》である。

「さてと。じゃ、今日《きょう》はもう遅《おそ》いからあしただね」

瑠香《るか》が「わかったー！」と答え、夢羽《むう》は黙《だま》ってうなずいた。

あしたは土曜日。

朝から動ける。

へへ。塾《じゅく》やサッカーやってる連中には、こんな時間も取れないだろう。
つくづく暇《ひま》にしといてよかったなぁと、元《げん》は思った。
だって、こんなワクワクすること、逃《のが》す手はないもの!!

10

「あのー、この人、見ませんでしたか？」

「すみませーん！　ちょっといいですか？」

今日《きょう》は土曜日。

元《げん》たちは、ギンギン商店街を中心に、朝から聞きこみを開始した。

といっても、なかなか足を止めてくれる人はいない。

みんな忙《いそが》しそうに、または迷惑《めいわく》そうに行ってしまう。

本当は翔《しょう》を連れて回るほうが手っ取り早いのだが、恥《は》ずかしいとか忙しいとかで、結局逃《に》げられてしまった。

「ほんとにもう。いったい誰《だれ》のことだと思ってるんだろ！」

瑠香《るか》がプンプンしながら言う。

「まぁそう言うなよ。何度も言うけど、あれで翔兄《しょうにい》ちゃん、優《やさ》しいとこあるんだからさ」

小さい頃《ころ》よく遊んでもらった思い出のある元《げん》が一所懸命《いっしょけんめい》フォローする。

「ま、いいけどさ。おもしろいから」

瑠香《るか》はサラッと言って、ケーキ屋さんのお姉《ねえ》さんが表の掃除《そうじ》をしているのを見つけ、走っていった。

「あのー、すみませーん。この写真の人なんですけどぉ……」

そのようすを見て、元《げん》は肩《かた》をすくめた。

「ちぇ、おもしろがってやんの」

真夏の太陽がアスファルトに照りつける。

商店街の人たちが水を撒《ま》いても、涼《すず》しさの足しにはならない。かえって、湿気《しっけ》がもわもわとたち、蒸《む》し暑さをあおっているように思えた。

手の甲《こう》で喉《のど》の下の汗《あせ》をぬぐい、元《げん》もまた情報《じょうほう》集めにもどることにした。

それにしても、有効《ゆうこう》な情報《じょうほう》はちっとも集まらない。

みんな人のことなんて気にしないものなんだ。

たしかに、大昔ならいざ知らず、今は翔兄《しょうにい》ちゃんみたいな格好《かっこう》をしている人なんていくらでもいる。

それに、ついさっきのことならまだしも、五日前のことなんて覚えてなんかいられないんだろう。

それくらい世の中は目まぐるしい。

元《げん》は、昔から顔見知りのおばさんたちに話しかけ、反対に何事なんだといろいろ質問《しつもん》され、あわてて逃《に》げ出《だ》しながら思った。

駅のほうに行ってた夢羽《むう》が自転車でもどってきた。

「どうだった?」

と聞いたが、彼女《かのじょ》は首を振《ふ》った。

「やっぱダメかぁ……」

元《げん》がため息をつく。

「もうちょっと根気よく調べてみよう」

涼《すず》しげな顔で夢羽《むう》が言った時、ケーキ屋さんのお姉《ねえ》さんと話しこんでいた瑠香《るか》がもどってきた。

手を頭上でぐるぐる振《ふ》り回《まわ》しながら。

「何かわかったわけ？」

元《げん》が聞くと、瑠香《るか》はにっこり笑った。

「ばっちりよ。あのお姉《ねえ》さんね。ミレニアムってバンドのファンらしいんだけどさ。翔《しょう》くん、そのバンドのＴ《ティー》シャツ着てなかったかって。もし、そうなら、たしかにこの店の前を五日前の夕方通って行ったたって」

「じゃ、聞かないとね。そういうＴシャツ着てたかどうか」

「うん。ちょっと待って」

瑠香《るか》はピンクのケータイを取り出すと、すばらしい速度でメールを打ち始めた。

> 質問《しつもん》です！♪
> 今、問題の日の夕方、ギンギン商店街を通ってる翔くんを見たという人発見！❁
> もしかして、ミレニアムってバンドのＴシャツ着てた？(^0^)/
> るか♪

「なんで、急いでる時にわざわざ絵文字なんか使うんだよぉ」

ケータイ画面をのぞきこんで元《げん》が言うと、瑠香《るか》がシッシッと追《お》い払《はら》った。

「うっさいわねぇ。指が勝手に打ってるのよ」

「指が勝手にって……それ、おまえ病気だよ、完璧《かんぺき》に」

「なんですって?」

と、ふたりが言い合ってる間にかわいいチャイムが鳴った。

メールの返事が早速《さっそく》きたのだ。

返事の画面を見て、瑠香《るか》が叫《さけ》ぶ。

「やったぁああ!! やっぱり翔《しょう》くんだよ。ミレニアムのT《ティー》シャツ、ほんとに着てたって!!」

「マジかよぉ!!」

ふたりで喜んでいると、夢羽《むう》がため息をついた。

「あのさ。喜んでるとこ、悪いんだけど。それ、アリバイじゃないよ」

「え?? だ、だって……」

瑠香《るか》がポカンとした顔で言った時、ようやく元《げん》もわかってきた。

そうだ。

その時間に、この前を翔兄《しょうにい》ちゃんが歩いてたっていう証言《しょうげん》があったというのは、もしかして、反対にまずいことなんじゃないだろうか？

だって、この先……商店街をまっすぐ行って、左に曲がった先でカネさんがひったくりに遭《あ》ってるんだから。

「あ、で、でもさ……！　どっちの方向に歩いてたかって話だろ？　あっちじゃなくて、駅のほうに引き返してたんだったら、違《ちが》うじゃん」

元《げん》が気を取り直して、カネがひったくりに遭ったという横道があるほうを見ながら言うと、瑠香《るか》は首を横に振《ふ》った。

「残念でした。あっちに向かって歩いてたって」

「あっちゃぁ……」

元《げん》たちは肩《かた》を落としてしまった。

そんなふたりを見て、夢羽《むう》は慰《なぐさ》めるように言った。

「でも、その日、ミレニアムのT《ティー》シャツを着てたっていうのだけはわかったんだから、収穫《しゅうかく》だよ」

11

しかし、他の証人《しょうにん》がなかなか現《あらわ》れない。

暑いし、喉《のど》も渇《かわ》く。どこかエアコンの効《き》いたところに行きたい……。

「あぁ、なんか頭がぼーっとしてきたよ」

元《げん》が言うと、

「いつもぼーっとしてるくせに」

憎《にく》まれ口《ぐち》を言う瑠《る》香《か》もいつもの勢《いきお》いがない。

夢《む》羽《う》だけは、相変わらず涼《すず》しげな顔で自転車を押《お》しながら、商店街の店を見て歩いていた。

「おう、おまえたち、例の証人《しょうにん》捜《さが》し、やってんのか?」

声をかけられて、そっちを見る。

八百屋《やおや》「ヤオナガ」の店先で、主人の長井《ながい》が大根を並《なら》べているところだった。

「ご苦労さん。それにしても感心だなぁ。ご近所のために、そんなに一所懸命《いっしょけんめい》になるなんて。今時珍《めずら》しいぜ。ほら、ラムネでも飲んでくかい？」

長井《ながい》はそう言うと、売り物のラムネを三本出してきた。

冷たくて、薄緑色《うすみどりいろ》の瓶《びん》の表面を大きな水滴《すいてき》が流れ落ちている。

「うっそ！　いいんですかぁ？」

瑠香《るか》が歓声《かんせい》をあげる。

「いいよ。ははは、そっちの子なんか、喉《のど》が渇《かわ》いて死にそうな顔してるもんな」

長井《ながい》がシュポンシュポンと、慣《な》れた手つきで栓《せん》を押《お》しこむと、シュワワワーッとラムネが滴《したた》り落ちた。

「すみません」

元《げん》はぺこっと頭を下げる。

「ほれ、そっちの子も。遠慮《えんりょ》せずに飲みな、飲みな。ラムネ、飲んだことあるかい？」

長井《ながい》にラムネを渡《わた》され、夢羽《むう》は微《かす》かに笑《え》みを作り、小さく首を横に振《ふ》った。

珍《めずら》しそうにラムネの瓶《びん》を見ながら持っている。

「えええ⁇　夢羽《むう》って、ラムネ飲んだことないの？」

ごくりと一口飲《の》んで、瑠香《るか》が聞く。

「……う、うん」

夢羽《むう》が答えると、長井《ながい》は夢羽《むう》の手からラムネを取りもどして言った。

「やっぱりな。なんとなくそんな気がしたんだ。ほら、なかにビー玉が入ってるのが見えるかい？」

と、ラムネの瓶《びん》を陽《ひ》に透《す》かして見せる。

首のくびれ部分に、小さなビー玉がキラキラと光っている。

夢羽《むう》がうなずくと、長井《ながい》はそのくびれた部分を下にして、夢羽《むう》に持たせた。

「こうして飲めば、ここんとこにビー玉が引っかかって、なかのラムネが飲めるっていう仕組みになってるんだ。わかるかい？」

「なるほど……」

夢羽《むう》は言われた通りにして、一口飲んだ。

にこっと笑う夢羽《むう》は、まるで天使のようだ。

「何、ボーっと口開けて見てんのよ」

すかさず瑠香《るか》にチェックを入れられる。

元《げん》は口をとがらせ、文句《もんく》を言いかけたが、思い直し、ラムネを飲みほした。

すっかり元気を取りもどした三人は長井《ながい》に礼を言った。

「オレも、いろいろ聞いといてやるからな！」

長井《ながい》に大きな声で言われ、瑠香《るか》はポンと手を叩《たた》いた。

「そうだ。おじさん、これ、わたしのケータイ番号。もし何か有力な情報《じょうほう》があったら、電話してくれますか？」

番号を書いたメモを渡《わた》され、長井《ながい》は頭をかいた。

「まったくなぁ。小学生が電話持って歩く時代になっちまったなんてなぁ。オレたちが子供《こども》の頃《ころ》にゃ、電話がない家だって珍《めずら》しくなかったのになぁ」

三人は、カネが翔《しょう》をとっつかまえて大騒《おおさわ》ぎをしていたタバコ屋の前に着いた。

「カネばあさんがひったくりに遭《あ》ったっていうのは、あっちだよね？」

瑠香《るか》が左の路地のほうを指さす。

「どっち向いて歩いてたんだろ？　あっちかな。それとも、こっち？」

「カネばあさんちは、もうちょっと行ったところにあるからね。あっちの方角に歩いてたんじゃないの？」

と、元《げん》が言う。

「ふむふむ。ねぇ！　いいこと考えた。カネばあさんの歩いた道の通りに調べてみない？」

つまり、カネが当日歩いたはずの道順をなぞっていこうというわけだ。

「そっか。たしかにね……。でも、なんかますます翔兄《しょうにい》ちゃんの立場が悪くなりそうな予感がするのは気のせいかなぁ」

「気のせい、気のせい！」

12

しかし、悪い予感というものはだいたい当たるものだ。

あれからさんざん歩き回って、ようやくひとりだけ証人《しょうにん》らしい人を見つけることができたのだが……。

「ああ、そうだな。たしかに、このお兄《にい》ちゃんが歩いていったのを見たよ。妙《みょう》にキョロキョロしながら歩いてたんだ」

と、何度もうなずいて見せたのは、道路工事の交通整理をしている警備員《けいびいん》のおじさんだった。

「いや、仕事柄《しごとがら》、たくさんの人を見てるだろ？　ま、普通《ふつう》なら覚えてないと思うんだが、このお兄ちゃんはねぇ。キョロキョロしながら歩いてたわりに、この柵《さく》に足をぶつけたんだよ」

「足をぶつけた？」

瑠香《るか》が聞くと、警備員《けいびいん》は黄色と黒の縞模様《しまもよう》にペイントされた派手《はで》な柵を指さした。

工事現場に入らないようにと設置《せっち》された柵《さく》なのだが、その問題の人物はけつまずいてしまったらしい。

「ま、転びはしなかったけどさ。グラッとして軽く手もついたし。『危《あぶ》ねえなぁ！』と、悪態《あくたい》までついていったんだ。オレから言わせれば、普通《ふつう》に注意して歩いてればけつまずくことなんかないと思うんだがね」

場所は、ひったくり現場に近い。

万が一それが犯人《はんにん》だったとしたら、これから犯行を行おうと思いながら、カネの後ろを歩いていたことになる。

そっちのほうに気もそぞろで、柵についけつまずいてしまったとしても不思議はない。

「それって何時頃《なんじごろ》だったか覚えてますか？」

夢羽《むう》が聞くと、警備員《けいびいん》は首を傾《かし》げた。

「うーむ。何時頃……だったかなぁ。そこまではさすがに覚えてないかなぁ」

「夕方でしたか？　それとも昼過《ひるす》ぎでしたか？」

「ああ、それくらいならわかる。夕方だよ。たしか五時の鐘《かね》が鳴る頃だったんじゃないかな。いや、そうだそうだ!!」

警備員《けいびいん》はうれしそうに自分の胸元《むなもと》から紺色《こんいろ》の手帳を取り出し、ぺらぺらとめくった。

そして、目当てのものを見つけ、自信満々に答えた。

「ほら、やっぱりそうだ。七月二日《ふつか》だ。あのね。その日は、オレ、夕方からの勤務《きんむ》でさ。五時に交代なんだけど、いつも少し早めに来て交代してやるのさ。そうすると、他の警備員たちからの受けが良くってさ。ははは。君たちもそうだよ。遅刻《ちこく》なんかしたら、信用形無しだからねえ。どうせ行くんだったら、少し早く行くことだ。これ、オレのポリシーなわけ」

「おじさんのポリシーはわかったけど。で、どういうことなの？　交代の時に見かけたの？　この写真の人を」

瑠香《るか》が聞くと、警備員《けいびいん》は少しムッとした顔で言った。

「だから、そう言ってるだろう？　少し早めにオレが来て、交代をしようとしてた時だったよ。その兄《にい》ちゃんが、この柵《さく》にけつまずいて転びそうになったのは」

「他に、人はいませんでしたか？」

夢羽《むう》が聞くと、警備員《けいびいん》はまたまた首を傾《かし》げた。

「うーむ。そこまでは覚えてないなぁ……。ああ、しかし、すぐ前をおばあさんが歩いてたよ。派手《はで》な柄《がら》のワンピース着てさ。どうもそのおばあさんのことをチラチラ気にして歩いてたみたいだからさ。だから、その写真の兄《にい》ちゃんが。もしや、最近流行の老人を狙《ねら》ったひったくりか？　と思ったりもしたんだ。で？　そうなわけ？　ビンゴでしょ？」

警備員《けいびいん》は大発見をしたように目を丸くして、元《げん》たちに詰《つ》め寄《よ》った。

「い、いえ、そういうわけじゃなくって」

「あ、すみません。じゃ、さようならぁー！」

元《げん》たち三人はあわててお礼を言って、その場から離《はな》れた。

「ほら、なんかますます怪《あや》しくなってきたじゃないかぁ」

元《げん》が文句《もんく》を言うと、瑠香《るか》は唇《くちびる》を突《つ》き出《だ》した。

「だってしかたないじゃない。もし、本当に犯人《はんにん》だったとしたら、潔《いさぎよ》くごめんなさいするのがいいと思うもの」

「い、いや、だからさ。翔兄《しょうにい》ちゃんはやってないんだってば。無実だって証明《しょうめい》するために、こうして歩き回ってるんであって……」

「そんなのわからないじゃない？　人間ってのはね、自分の都合が悪いことは平気でウソついたりするの」

「そっか。江口《えぐち》もそうなの？」

と、急に聞かれ、瑠香《るか》はしどろもどろになった。

「な、何よ。わたしはウソなんかついたことないもん‼」

「ちぇ、よくそんなウソ言うな。だぁら、女は信じられないんだ。オレたち、保育園《ほいくえん》の頃《ころ》からのつきあいなんだからな」

元《げん》が腕《うで》を組んで言うと、瑠香《るか》はプクーッとさらにほっぺをふくらませた。

ふたりがいつものように口げんかをしている間、夢羽《むう》は何か別のことを考えているようすだった。

「なぁ。茜崎《あかねざき》はどう思う？」

元《げん》が聞くと、ふっと顔を上げた。

「何？」

「え？　だから、翔兄《しょうにい》ちゃんはやっぱり犯人《はんにん》なのかなってこと」

すると、夢羽《むう》は「ああ……」という顔で首を横に振《ふ》った。

「違《ちが》うよ」

「ええ？」

「え？」

その言い方があまりに簡単《かんたん》だったものだから、元《げん》も瑠香《るか》も思わず聞き返してしまった。

夢羽《むう》はそんなふたりに言った。

「彼《かれ》は犯人じゃない。犯人は別にいるよ」

「そ、そうか……それはよかったけど。で、でも、どうしてそんなにはっきり言えるんだ？」

元《げん》が興奮《こうふん》して聞くと、瑠香《るか》も同じように身を乗り出した。

「もしかして、もうその犯人の目星とかついていてたりして！」

すると、夢羽《むう》はなんとも微妙《びみょう》な顔で笑ってみせた。

元《げん》も瑠香《るか》も、声にならない叫《さけ》びをあげた。

その時、瑠香《るか》のケータイが鳴った。

13

いくら夢羽《むう》でも、それは早とちりなんじゃないかと元《げん》は思った。

しかし、彼女《かのじょ》の言葉を裏付《うらづ》けるような証言《しょうげん》が飛びこんできた。

瑠香《るか》のケータイにかけてきたのは、あのヤオナガの主人の長井《ながい》だった。

約束通り、お客さんに声をかけてくれていたが……ようやくひとり、どうやら翔《しょう》らしい人を見かけたという女の人がいたというのだ。

早速《さっそく》かけつけると、長井《ながい》が紹介《しょうかい》してくれたのは高瀬《たかせ》香里《かおり》という主婦《しゅふ》だった。ひょろっと背《せ》が高く、猫背《ねこぜ》の彼女《かのじょ》は、元《げん》たちがかけつけてきたのを見て驚《おどろ》いた。

「その写真の男の子が末長《すえなが》のおばあちゃんといっしょに歩いてたのよ」

「末長《すえなが》のおばあちゃんって？」

瑠香《るか》が聞くと、高瀬《たかせ》は通りの先を指さした。

「そこの路地を抜《ぬ》けて行ったところにある家のおばあちゃんでね。ヨシエさんっていうちっちゃくってかわいい人よ。その男の子、感心なことに、おばあちゃんの荷物を持ってあげてたわ」

「翔兄《しょうにい》ちゃんがそのおばあちゃんの荷物持っていっしょに歩いてたって言うんですかあ？」

思ってもみない展開《てんかい》に、元《げん》は大きな声で聞き返した。

何せ、今はひったくり犯《はん》のことを調べているというのに、荷物を持ってあげているというのはいったいどういうことだろうか。

すると、高瀬《たかせ》は少しムッとした顔で言った。

「そうよ。この商店街から、そっちの細い路地に入って行ったわ。時間？　たしか夕方頃《ごろ》だったと思うわ。たぶんその日で間違《まちが》いないと思うのよね。わかんないけど」

口をひん曲げて言ってるわりに、言葉が自信なさげになっていく。

元《げん》たちは顔を見合わせた。

だんだんと雲行きも怪《あや》しくなってきて、ハラハラしながら見ていた長井《ながい》が、

「とりあえず末長《すえなが》さんの家に行ってみたらどうかね？」

と、助け船を出した。

それをきっかけに、高瀬《たかせ》にお礼を言い、みんなで今度は末長《すえなが》というおばあちゃんの家に行くことにした。

「はぁ。刑事《けいじ》さんたちって大変だな。こんなふうにあっちこっち……」

細い路地を自転車で抜《ぬ》けながら元《げん》が言う。

「こんなのぜんぜん大したことないわよ。もっと何百人もしらみつぶしに捜査《そうさ》したり、聞きこみしたり、後つけたり、張《は》りこみしたりするんだから」

まるで自分がやったことがあるみたいに瑠香《るか》が言った。

でも、たしかにそうだろうなぁと元《げん》も思った。

たった二、三時間聞いて歩いただけで、どっと疲《つか》れてるんだから。警察《けいさつ》の仕事というのは、想像《そうぞう》以上に根気のいる仕事なんだろう。

曲がりくねった細い路地の両側には、植木鉢《うえきばち》がたくさん出ていて、木造《もくぞう》の壁《かべ》に朝顔のツルがうねうねと這《は》い上がっていた。

電信柱にとまったアブラゼミがジージーと暑苦しい音をたてている。

やがてT《テイー》字路に突《つ》き当たった。

「どっちだろう?」

左右を見ていると、大きな青いジョウロで植木に水をやっているおじいさんと目が合った。

「あ、すみませーん!」

人なつっこそうに瑠香《るか》が声をかける。

そして、末長《すえなが》の家を聞くと、右に曲がってしばらく行った家だと教えてくれた。斜《なな》め向かいにコインパーキングがあるからすぐわかるだろうとのこと。

自転車を飛ばして、目印の駐車場《ちゅうしゃじょう》を目指す。

しばらく行くと、道が直角に曲がっている。その角に駐車場があった。といっても、車四台、どうにか縦列駐車《じゅうれつちゅうしゃ》できるといった小さな駐車場だ。

その斜め向かい。

そこにも、朝顔の植木《うえき》鉢《ばち》がたくさん並《なら》んでいて、家の二階までツルを伸《の》ばして青々とした葉を茂《しげ》らせていた。

木造《もくぞう》の二階建てで、二階には洗濯物《せんたくもの》がいっぱい干《ほ》してある。

どうやらヨシエは、カネと違《ちが》い、ひとり暮《ぐ》らしではないようだった。

元《げん》たちがドアのチャイムを鳴らすと、しばらくしてドッドドド……と、元気のいい足音が近づいてきて、ドォーンと勢《いきお》いよくドアが開いた。

まだ五歳《ごさい》くらいの男の子がふたり。

瑠香《るか》たちを見上げ、目をまん丸にした。

「なんだよ？　何か用かい？」

「かあちゃんなら留守《るす》だよ」

「とうちゃんも留守だよ」

「ねえちゃんも留守だし」

「にいちゃんも留守だ」

ふたりが交代で鼓膜《こまく》がおかしくなりそうなほど大きな声で言う。

「ちょ、ちょっと待って。お姉《ねえ》ちゃんの言うこと、聞いてよ」

瑠香《るか》が言うと、ふたりは顔を見合わせ、ゲラゲラと笑い始めた。

「はぁぁあ？　な、何よ!!」

瑠香《るか》が眉《まゆ》をしかめて聞くと、ふたりは笑いながら言った。

「だって、自分だってチビのくせに……ゲラゲラ」

「そうそう。自分のことお姉《ねえ》ちゃんなんて。ぎゃっはっはっは」

元《げん》には、瑠香《るか》の頭がボッと燃《も》え上《あ》がったように見えた。

「な、な、なんですってぇえー!?」

と、瑠香《るか》は両手でゲンコツを作り、ふたりの頭目がけて振《ふ》り下《お》ろそうとした。

でも、ここでもめ事をつくってもしかたない。

「ほらほら、江口《えぐち》。子供《こども》相手に本気で怒《おこ》るなよ」

あわてて止めに入った元《げん》だったが、

「子供相手にって、自分だって子供じゃないか」

「きゃっはっはっは。おっかしー」

男の子たちは今度は元《げん》のことを指さし、笑い出した。

「な、なんだとー!?」

止めに入ったはずの元《げん》が今度は頭にきた。子供《こども》のひとりの襟首《えりくび》をグイとつかんだ時だった。

後ろから夢羽《むう》が割《わ》りこみ、ふたりの子供に言った。

「ふたりで留守番《るすばん》してるの？　偉《えら》いわね。わたしたちは、おたくのヨシエさんに用事があってきたの。ヨシエさんも留守《るす》？」

14

テレビのなかから抜《ぬ》け出たような美少女がにっこり笑うと、さすがの悪ガキたちも一発で静かになった。

ぽかーんと口を開き、夢羽《むう》の顔に見とれていたふたりだったが、ハッと我《われ》に返ると、また足音をドタドタさせて家のなかに消えた。

しばらくして、ヨシエがゆっくりと現《あらわ》れた。

どうやら、彼《かれ》らふたりの両親は共働きで、ヨシエが子供《こども》たちの面倒《めんどう》をみながら留守番《るすばん》をしているらしい。

「はいはい。すみませんねぇ、お待たせしちゃったみたいで」

カネと同い歳《どし》くらいだが、まったく印象が違《ちが》う。

ふわふわした白髪《しらが》をまとめ、ちっちゃな目をしばたたかせながら話す彼女《かのじょ》は、いかにも優《やさ》しそうな、か弱そうなおばあちゃんというイメージだった。

手足がか細く、歩き方も心許《こころもと》ない。「だいじょうぶかな?」とつい思ってしまう感じだ。

こういうおばあちゃんなら、素直《すなお》に席を譲《ゆず》ってあげようかなぁなんて思うんだけど。

元《げん》はそんなことを思った。

夢羽《むう》が翔《しょう》の写真を見せ、事情《じじょう》を説明すると、静かに聞いていたヨシエは「はいはい」と言って思い出してくれた。

「そういえば……たしかに、荷物を持ってくださった若《わか》い方がこんな感じの人だったと思いますよ。名前までは聞かなかったけどねぇ」

「それって、何時くらいのことですか?」

「えぇーっと、そうねぇ。五時の鐘《かね》が鳴ってたから、夕方だったのは覚えてるけど……」

元《げん》と瑠香《るか》は、思わず顔を見合わせた。

これで、七月二日《ふつか》だというのが確定《かくてい》すれば、有力なアリバイになるかもしれない！

しかし、ヨシエはすまなさそうに首を横に振《ふ》った。

「ごめんなさいねぇ。そこまでは覚えてないわ。最近、どうにも物覚えが悪くなっちゃって。つい今朝《けさ》のことだって心許《こころもと》ないのよ」

そう言われてしまえばしかたない。

三人が礼を言って帰ろうとした時、元《げん》が「ひあぁああ!!」と、情《なさ》けない声をあげた。

大きなトラ猫《ねこ》がいきなり足にドスンと体当たりをしてきたのだ。

ヨシエの後ろから、悪ガキふたりも「なんだなんだ？」と顔を出した。

バツが悪そうに頭をかき、元《げん》はトラ猫を見た。

猫は長いシッポを元《げん》の足に巻《ま》きつけるようにして、元《げん》の二本の足の間を8の字に歩いている。

「あ、これ、カネさんちのトラじゃないの？」

と、瑠香《るか》が言い、「かわいいねー！」と、トラの頭を撫《な》で始めた。

こいつのどこがかわいいんだ？

元《げん》は瑠香《るか》の感性《かんせい》がちっともわからない。

すると、ヨシエがニコニコして言った。

「そうだよ。その子はカネさんのところのトラよ。あら、あなたたち、カネさんのお知り合い？」

「え、ええ……まぁ」

知り合いといえば知り合いだが。

瑠香《るか》があいまいな言い方をしていると、夢羽《むう》がヨシエに質問《しつもん》をした。

「もしかして、カネさんちはすぐ近くなんですか？　そういえば、このあたりも川名町《かわなちょう》なんですね」

表札にある住所を見て、夢羽《むう》が言

った。

川名町《かわなちょう》三丁目2となっている。

「ええ、そうよ。カネさんのところは二丁目。この家の裏《うら》になるわね」

「だとすると、……そっか！」

元《げん》はがっかりした。

瑠香《るか》が「なになに？」と聞いてくる。

「あのさ。ひったくりがあった現場《げんば》は、カネさんちの近くだったじゃないか。つまり、もし、末長《すえなが》さんの荷物を持ったのが七月二日《ふつか》で、時間もちょうどその頃《ころ》だとしてもさ。ひったくりした後に、末長《すえなが》さんの荷物持ってあげたかもしれないだろ？」

元《げん》が小声で言うと、瑠香《るか》は首を傾《かし》げた。

「ええぇー？　そんな馬鹿《ばか》な。じゃ、何？　おばあさんの荷物ひったくったその手で、今度は別のおばあさんの荷物を親切に持ってあげたってわけ？」

「いや、だから、そういうことだって可能《かのう》だろってことさ。ひったくった後、良心がとがめて、とかさ」

ふたりがゴチャゴチャと内緒話《ないしょばなし》をしているのを横目に、夢羽《むう》がヨシエに聞いた。

「もしかして、カネさんの家に行くにはこの道を回っていかなきゃいけないいんでしょうか？」

この道というのは、ヨシエの家の前の細い路地のことだ。

すると、ヨシエはうんうんとうなずいた。

「そうなの。ここからじゃ、グルッと回っていかなきゃダメなのよ。それか、商店街までもどるか。この辺、道が細くて入りくんでるからねぇ。トラちゃんなら、そんなことする必要ないんでしょうけど」

ヨシエに名前を呼《よ》ばれ、トラは顔に似合《にあ》わずかわいらしい声で「にゃおん！」と鳴いた。

15

ヨシエにお礼を言い、三人は言われた通りにグルッと道を回って、カネの家まで自転車で行ってみた。

たしかにこれは大回りだ。

先回りしていたトラが、また元《げん》の足下にやってくる。

「なんかすっかりなつかれちゃったね」

瑠香《るか》に言われ、元《げん》は頭をかいた。

その後、ひったくりに遭《あ》った現場《げんば》まで行ってみたが、たいした距離《きょり》はない。

「あ、翔《しょう》くんから返事、あったよ！」

ケータイをチェックしていた瑠香《るか》が言う。

一応《いちおう》、ヨシエさんのことを覚えてるかどうか、メールで確認《かくにん》したのだ。

「どうだった？」

元《げん》が聞くと、瑠香《るか》は大げさにため息をついてみせた。

「だめね。なんかそういうこともあった気がするけど……だって。警備員《けいびいん》のことも覚えてないって。だめだ、あいつ！」

と、吐《は》き捨《す》てるように言う。

「だめだ……って。あのさ、何度も言うけど。翔兄《しょうにい》ちゃんは、けっこうお年寄《としよ》りとかに優《やさ》しいとこ、あるんだってば。荷物持ってあげるなんてこと、たいしたことじゃないのかも。だから、覚えてないのかもしれないよ」

「さあ、どうかしらね。わたしには、ただのボサッとした男だとしか見えないけど？」

翔《しょう》が聞いたら卒倒《そっとう》しそうなことを瑠香《るか》が言ってる間に、夢羽《むう》は例のスペシャルバインダーを取り出した。

さらさらっと青のサインペンで、このあたりの地図を描《か》き始めたのだ。

「まず、工事現場《げんば》の前を通ったところを見られてる。ここをA《エー》地点とする。そして、B《ビー》地点、これがひったくりの現場。さらに、C《シー》地点のケーキ屋。ここでも見かけられてて、さらにD《ディー》地点で、ヨシエさんの荷物を持っているところを見られている。E《イー》地点がヨシエさんの家、F《エフ》地点がカネさんの家」

「ふむふむ」

「なるほどぉー」

元《げん》と瑠香《るか》が頭を近づけて、その地図を見る。

「でも、どういう動きしてんだ？　やっぱ同じ日じゃないのかも」

「七月二日《ふつか》だってわかってるのはどこだっけ？」

元《げん》が聞くと、夢羽《むう》が細い指で地図をたどっていった。

「A《エー》地点の工事現場《げんば》。ここは警備員《けいびいん》のおじさんの証言《しょうげん》が正しければ、七月二日五時少し前になる。B《ビー》地点、ここも警察の調書に残っているから、七月二日。時間は五時頃《ごろ》。C《シー》地点のケーキ屋、ここも七月二日だってわかってる。さらに、翔《しょう》くんもそれを認《みと》めている。T《ティー》シャツの件《けん》があるから。D《ディー》とE《イー》……つまり、ヨシエさんに関してははっきりしない。時間は五時頃だというのはわかってるが、日付までは特定できない」

「なるほど、なるほど」

元《げん》がうなずいてみせると、夢羽《むう》は言った。

「でも、もしもヨシエさんの荷物を持ったのが翔《しょう》くんで、七月二日の五時のことだった

としたら、五時の鐘《かね》が鳴ってる間にひったくり現場《げんば》までは行けないってことが証明《しょうめい》できる」

「そうだな。直線距離《きょり》にすれば、ほんのすぐ近くなのに、歩いていくとなると、こんなに遠回りしなきゃいけないんだもんな」

「そう」

ふたりの話を聞いて、瑠香《るか》は目を丸くして言った。

「ねぇ、じゃ、どういうこと？　もしかして……翔《しょう》くんがふたりいるってこと？」

夢羽《むう》は言った。

「正確《せいかく》に言うと翔《しょう》くんと、翔《しょう》くんに

そっくりな誰《だれ》かがいるってこと」

「翔《しょう》くんにそっくりな誰か??」

「そう。カネさんも見事に間違《まちが》えてたじゃない？　翔《しょう》くんと友達《ともだち》を」

「ああ、そっか。そうだね。たしかに、普通《ふつう》見間違えてもおかしくないよね。あんな格《かっ》好《こう》してたら、顔まではよく見ないもん」

「そういうこと」

夢羽《むう》はそう言うと、バインダーをパタッと閉《と》じた。

「ちょっと確《たし》かめたいことがあるんだけど」

元《げん》と瑠香《るか》は目をパチクリさせ、夢羽《むう》の顔を見た。

夢羽《むう》は、自転車をU《ユー》ターンさせて言った。

「カネさんちにもどるよ」

16

「にゃぁーお！」

元《げん》たちがもどってきたのを見て、トラがうれしそうに大きな声で歓迎《かんげい》した。

門の上にいたのに、ドスッと飛び降《お》り、のそりのそりとやってくる。

と、ちょうどその時、カネが玄関《げんかん》から出てきた。

杖《つえ》やバッグも持っているから、どこかに出かけるところだというのがわかった。

相変わらずツルツルした素材《そざい》の花柄《はながら》ワンピースだ。

彼女《かのじょ》は、元《げん》たちを見て、「あっ！」と声をあげた。

「あ、あんたら、またわたしをからかいに来たね!?」

と、早速《さっそく》杖を振《ふ》り回す。

「ち、違《ちが》いますよぉ！」

元《げん》があわてて言うと、瑠香《るか》もしきりに首を振ってみせた。

「違います。わたしたちは、カネさんの荷物をひったくっていった真犯人《しんはんにん》を捜《さが》そうと思ってるんですよ」

するとカネはフンと大きく鼻で笑った。

「ばか言うんじゃない。真犯人《しんはんにん》はもうわかってるんだ。この前の、あのいかれた格好《かっこう》したあんちゃんなんだから。後は警察《けいさつ》がちゃーんと証拠《しょうこ》を見つけて、しょっぴいてくれるのを待てばいいだけなんだから」

しょっぴくだなんて、まるで時代劇《じだいげき》みたいだな。

元《げん》はそう思った。

しかし、夢羽《むう》はあわてず騒《さわ》がず、カネに言った。

「この前は失礼しました。今日《きょう》はちょっと聞きたいことがあって来ました。いいですか？」

すると、カネはムッとした顔で夢羽《むう》を見た。

元《げん》や瑠香《るか》に対する時とは違《ちが》って、どうも苦手なんだというのがありありとわかる。

「な、なんなんだい!?　さっさとしておくれよ。これから、あたしは買い物に出かけなきゃいけないんだからね」

「はい。だいじょうぶです。質問《しつもん》したいことはふたつだけです。あのひったくりに遭《あ》った時、バッグに入っていたのはなんですか？　財布《さいふ》だけですか？」

「だったら、こんなに困《こま》りゃしないわよ。あのね、年金手帳も入ってたの。銀行のカードもハンコも入ってたし、バスの無料パス券《けん》もあったし、保険証《ほけんしょう》だって入ってたんだからね。まったく、全部再発行《さいはっこう》してもらうのにどれだけ手間がかかったと思ってるのよ！」

「なるほど。じゃ、もうひとつの質問《しつもん》です。ひったくりに遭《あ》った時、どんな服装《ふくそう》でしたか？　もしかして、今と同じような素材《そざい》の服だったんじゃありませんか？」

なぜそんなことを聞くんだ？　と、カネは怪訝《けげん》そうに夢羽《むう》を見た。

「そ、そうだけど……？　何か問題あるのかい？」

「いえ、問題はありませんよ。むしろ好都合《こうつごう》です」

「はぁぁ??」

夢羽《むう》が何か企《たくら》んでいるらしいのは、元《げん》たちもわかったが、いったい何を考えてるのかさっぱりわからない。

だから、カネと同じように「はぁぁ？」と彼女《かのじょ》を見つめた。

夢羽《むう》は涼《すず》しそうな顔でニコッと笑い、長い髪《かみ》を後ろに払《はら》ってみせた。

か、かわいい……！

ついつい見とれてしまう。

「どうかしたの？」

瑠香《るか》に突然《とつぜん》声をかけられ、またまた元《げん》は情《なさ》けない声をあげた。

「い、いや……夢羽《むう》がかわいいなって……い、ひやぁ、ち、違《ちが》う。えーっと！」

うがぁぁ。

い、いや、違う。そうじゃなくって。いったい何考えてるんだ、オレ。

元《げん》は頭を抱《かか》え、できればその場から消えてなくなりたいと本気で願った。

しかし、瑠香《るか》は横目でチラッと見ただけで、それ以上は追及《ついきゅう》しないでくれた。それよりやっぱり彼女《かのじょ》も興味《きょうみ》の対象はそんなことじゃなくって、夢羽《むう》の考えなんだろう。

「なになに？　何かいい作戦でも思いついたの⁇」

瑠香《るか》が聞くと、夢羽《むう》はニヤリと笑った。

そして、その質問《しつもん》には答えず、代わりにカネに聞いたのである。

「カネさん、今晩《こんばん》だけ、どこか別のお宅《たく》に泊《と》まるとかってできませんか？」

17

あまりに唐突《とうとつ》すぎて、最初、カネは何がなんだかわからず、またからかわれてるのかと誤解《ごかい》し、怒《おこ》りまくった。

しかし、夢羽《むう》が静かな声でゆっくり根気よく説明すると、ようやくわかったようだ。

「じゃあ、何かい？　今晩《こんばん》、犯人《はんにん》をだまくらかすっていうのかい？」

カネはニマニマ笑いながら、腕《うで》をさすった。

「いいねいいね。なんでもするよ。あたしが待ってて、とっつかまえてもいい！」

「いいえ、それは危《あぶ》ないと思いますから。だから、どこか別のところに泊《と》まっててほしいんです。電気も消して、留守電《るすでん》もセットしておいてください」

夢羽《むう》に言われ、カネは大きくうなずいた。

「わかったよ。何、ちょうど息子夫婦《むすこふうふ》の家から呼《よ》ばれてたんだ。早速《さっそく》、今から電話をしておこう。いやぁ、しかし、最近の小学生は恐《おそ》ろしいねぇ。よくそんなことを思いつくもんだ。あんたたち、怪我《けが》しないようにしなさいよ。親御《おやご》さんたちに大目玉食らうよ」

「刑事《けいじ》に来てもらおうと思ってますから、だいじょうぶです」

と言う夢羽《むう》に、カネは目をまん丸にした。

そりゃそうだ。小学生が刑事《けいじ》を呼《よ》びつけるなんてことがあるとは思えないからだ。

「では、よろしく」とカネに挨拶《あいさつ》をして別れた夢羽《むう》。今度は瑠香《るか》に言った。

「さて、それじゃ、ちょっとお願いしたいことがあるんだけど」

しかし、瑠香《るか》はクルリンとカールした髪《かみ》をゆらして言った。

「ねぇねぇ、夢羽《むう》。もっとわかるように説明してよ！　いくらでも協力するけど、まずそれが最初よ!!」

元《げん》もまったく同感だった。

さっきカネにした話でだいたいのことは見当がついたが、それでも、ちゃんと最初から順序立《じゅんじょだ》てて話してほしい。

もちろん、夢羽《むう》もそのつもりだったようで、自転車を木陰《こかげ》まで押《お》して行き、そこで停め、元《げん》たちを見た。

ゴクリとつばをのみこみ、元《げん》たちは夢羽《むう》の説明を待った。

「さっきも言ったけど、犯人《はんにん》は翔《しょう》くんじゃない。他にいる。しかも、彼《かれ》によく似《に》た人物で、よく似た格好《かっこう》をしている。七月二日《ふつか》、五時くらいに、偶然《ぐうぜん》、翔《しょう》くんと犯人《はんにん》X《エックス》は非《ひ》常《じょう》に近くにいた。これが、数々の目撃証言《もくげきしょうげん》で明らかになっている。ま、もちろん、ヨシエさんの荷物を翔《しょう》くんが持ってあげたのも七月二日だったらという話なんだけどね。

もしも、それが別の日で、翔《しょう》くんがケーキ屋の前を通り、なぜか工事現場《げんば》のほうへ行き、そこからまたひったくり現場のほうまで行ったというのなら、それはそれであり得るんだけど」

夢羽《むう》がすらすらと言うと、元《げん》は口をとがらせた。

「ええぇー、じゃ、やっぱりそうなると翔兄《しょうにい》ちゃんが犯人《はんにん》だってことになるのか？」

「まぁね。でも、わたしはそうじゃないと思ってる」

夢羽《むう》がそう言ってくれると、一気にホッとする。

彼女《かのじょ》は、クールな表情《ひょうじょう》のまま言った。

「なぜなら、犯人Xの目星がついてるからね」

「そ、そ、それよ。誰《だれ》なの？　いったい」

瑠香《るか》はいったんそう聞いたが、夢羽《むう》を手で制止《せいし》した。

そして、斜《なな》め上を見つめ、片手《かたて》をあごに置くポーズを取った。

「ううん、待って。翔《しょう》くんによく似《に》た人物で、よく似た格好《かっこう》の人なんでしょ？　だったら、あのふたり以外いないじゃない？　ほら、翔《しょう》くんの友達《ともだち》の……なんて名前だったか忘《わす》れちゃったけど。もちろん、そんな人は他にもいっぱいいるでしょうけど。夢羽《むう》がもう犯人《はんにん》の目星ついてるって言うんだもん。あのふたりのどっちかなんじゃないの？？　どう？？」

と、最後は勝ち誇《ほこ》ったように言い、あごに置いていた指をピッと伸《の》ばして、夢羽《むう》に突《つ》きつけた。

まるで「犯人は、ズバリ、あなたですね？」と聞く名探偵《めいたんてい》のようだ。

でも、たしかに言われてみればそれが自然だ。

なんで今まで思いつかなかったか、元《げん》は自分が情《なさ》けなくてしかたなかった。瑠香《るか》なんかに先を越《こ》されてしまうなんて。くやしすぎる！

夢羽《むう》は、小さくうなずいた。

flying devil bird

「そう。村田健吾《むらたけんご》と茂村吉人《しげむらよしと》。このふたりのうちのひとり」

元《げん》も瑠香《るか》も頭のなかがまたまたクエスチョンマークでいっぱいになってしまった。

「どっちなんだ?」

元《げん》がうめくように言うと、瑠香《るか》が能天気《のうてんき》な声で言った。

「わたしは村田健吾《むらたけんご》のほうだと思うな」

「なんでだよ」

「だって、あの人トラちゃんをけっとばそうとしたのよ? 動物にそんなことできるやつなんて、ろくなやつじゃないと思うわ」

「んなことで犯人《はんにん》決めるなよなぁ!」

「悪い?」

「悪いに決まってんだろ!!」

と、ふたりが言い合っていると、夢羽《むう》はクスッと笑った。

そして、すぐ真顔になって言った。

「そう。村田健吾《むらたけんご》だよ」

「えええ――!?」

と、元《げん》が叫《さけ》ぶ。

瑠香《るか》は「ほら、ほら!!」と、得意顔である。

「でも、どして？　やっぱり動物虐待《ぎゃくたい》の線？」

瑠香《るか》に聞かれ、夢羽《むう》は苦笑した。

「いや、そうじゃない。彼《かれ》は、昨日《きのう》、カネさんの家の前で三人並《なら》んで実験した後、落ちこんだ翔《しょう》くんを慰《なぐさ》めようとして『あのばあさんも、銀行のカードやらハンコやら年金手帳やら盗《と》られてカッカきてるんだろ』というようなことを言ってたのを覚えている？」

夢羽《むう》に聞かれ、瑠香《るか》と元《げん》は顔を見合わせ、首を傾《かし》げた。

言ってたような気もするけど、正直覚えていない。

そんなふたりのようすを見て、夢羽《むう》は続けた。

「さっきカネさんに確《たし》かめてみたら、たしかに銀行のカードもハンコも年金手帳も入っていたと言っていた。そんなこと、犯人《はんにん》にしか知り得ない情報《じょうほう》だろ？」

「そ、そっかなぁ？　翔兄《しょうにい》ちゃんのことをカネさんが捕《つか》まえて犯人だって騒《さわ》いだ時、たしか銀行のカードだのなんだの入ってて、苦労したっていう話をしてた気がするんだけど。となれば、その場に居合《いあ》わせた人たちならみんな知ってる情報《じょうほう》になるだろ？　それを誰《だれ》かに聞いたんだったら、村田健吾《むらたけんご》が知っててもおかしくないわけで」

元《げん》が首をひねりながら言うと、夢羽《むう》はきっぱり否定《ひてい》した。

「いや、違《ちが》うよ。その時、わたしもいたからよく覚えてる。たしかに、あの時、カネさんは『バスの無料パス券《けん》も銀行のカードも商店街のポイントカードも保険証《ほけんしょう》もみんな入ってたから』というようなことは言ってた。みんなの前《まえ》でね。でも、『ハンコ、年金手帳』のことは言ってないんだ。『ハンコ』くらいは普通《ふつう》に思いつくだろうけど、『年金手帳』までは思いつかない。それに、あれは現物《げんぶつ》を見た人間の言い方だった」

「うっそー!!　じゃ、自分の友達《ともだち》に協力するふりして、実は自分が真犯人《しんはんにん》なのを黙《だま》ってたってわけ？」

瑠香《るか》が目を吊《つ》り上げて言うと、夢羽《むう》は肩《かた》を小さくすくめた。

「まぁね」

「ひっどぉぉーい……」

瑠香《るか》の声は、途中《とちゅう》でため息に変わってしまった。

あまりにあまりの展開《てんかい》に、怒《おこ》るよりもがっかりして、気が抜《ぬ》けてしまったのだ。

18

「村田健吾《むらたけんご》が犯人《はんにん》だとして。なぜカネばあさんに留守《るす》にしてもらう必要があるんだ？　さっきワンピースがどうとかって言ってたよな？」

元《げん》が聞くと、夢羽《むう》はうなずいた。

「実《じつ》は、村田《むらた》をワナに引っかけてみようと思ってる。それも、できるだけ急いで。また罪《つみ》を重ねてほしくないからね」

「ワナ……に⁇　そういえば、カネさんも言ってたよね。犯人をだますって」

「そう。で、頼《たの》みがあるんだ」

と、夢羽《むう》は瑠香《るか》に視線《しせん》をもどした。

「う、うん……わかった」

瑠香《るか》は目をパチクリしてみせる。

「ケータイで、翔《しょう》くんに犯人《はんにん》を捕《つか》まえられそうだってメールしてほしい」

「ふむふむ」

「カネさんが事件《じけん》の当日着ていたツルツルのワンピースに、犯人の指紋《しもん》がついているかもしれない。そのことを知った彼女《かのじょ》はあしたの朝、警察《けいさつ》に持っていって証拠《しょうこ》として調べてもらうことにしたらしいってね。そうなれば、翔《しょう》くんの容疑《ようぎ》は晴れることになるからって。で、このことは、村田健吾《むらたけんご》や茂村吉人《しげむらよしと》にも話しておいて、あした、三人で警察署《けいさつしょ》に行くよう伝えてほしいと書くんだ。念のため、三人とも指紋《しもん》を照合したいと言われたって」

「えぇぇー!?　そ、そんなこと書いてだいじょうぶかな。怪《あや》しまれない？」

「だいじょうぶ。カネさんが昨日《きのう》の件《けん》で、今は翔《しょう》くんだけじゃなく、三人とも疑《うたが》ってるからってことにすればいい」

「なーるほど!!」

瑠香《るか》は興奮《こうふん》して顔を真《ま》っ赤《か》にしながら、ケータイのメールを作成し始めた。

ケータイを片手《かたて》で持って、慣《な》れた指先でピッピッとボタンを押《お》していく。

そのようすを見ていた元《げん》。

彼《かれ》も夢羽《むう》の意図がわかって、手がブルブル震《ふる》え出すのを止めることができなかった。

「も、もしかして……ワナにかけるとか、だますとか……。そ、そっか!!　村田《むらた》健吾《けんご》がそのことを知ったら！」

「そう。やつは絶対《ぜったい》現《あらわ》れる。カネさんのツルツルのワンピースを盗《ぬす》むために……」

夢羽《むう》が言った時、瑠香《るか》がケータイを突《つ》き出し、画面を見せた。


今田《いまだ》カネさんが事件《じけん》の日に着てたツルツルのワンピースに指紋《しもん》がついてるかもしれないんだって!!　あした警察《けいさつ》に持っていって、調べてもらうそうデス！　よかったね。これで犯人《はんにん》扱《あつか》いされなくなるね！

でね。カネさん、この前のことで村田《むらた》さんや茂村《しげむら》さんも疑《うたが》ってるらしくって、できればあした、警察署《けいさつしょ》に三人で行ってほしいんだって。村田《むらた》さんたちにも伝えといてね!♪　るか♪

「どう？　これで」

夢羽《むう》はそれを見て、親指を立てて言った。

「完璧《かんぺき》！」

「やったぁー！」

瑠香《るか》は喜んでケータイを持ったままその場でジャンプした。

「で、どうする？　もう送ったほうがいい？」

と聞くと、夢羽《むう》は首を左右に振《ふ》った。

「いや、夜のほうがいいな。八時過《はちじす》ぎくらいに送ると効果的《こうかてき》かな」

「でも、どうするんだ？　オレたちで見張《みは》ってるわけ？」

誰《だれ》か保護者《ほごしゃ》でもいれば違《ちが》うが、子供《こども》が夜出歩いたりするわけにはいかない。

前にも同じようなことで注意された経験《けいけん》のある元《げん》が心配そうに言うと、夢羽《むう》は瑠香《るか》に言った。

「メールを送る前に、峰岸刑事《みねぎしけいじ》に連絡《れんらく》するよ。彼《かれ》のケータイ番号《ばんごう》とメルアド、教えて」

すると、瑠香《るか》は頬《ほお》をふくらませて不満そうに言った。

「ええ——？　わたしが連絡《れんらく》する！」

　でも、夢羽《むう》はきっぱり言った。

「ごめん。今回《こんかい》はわたしが電話して事情《じじょう》を説明したほうがいいと思う。あんたたちは、外に出ないこと」

「うっそー！　夢羽《むう》は見張《みは》りに行くんでしょ！」

「だいじょうぶなのか？」

　瑠香《るか》も元《げん》もこれには大反対した。

「だいじょうぶ、わたしは。じゃね」

　しかし、夢羽《むう》は涼《すず》しげな顔で言い、峰岸刑事《みねぎしけいじ》のケータイ番号とメルアドをメモすると、自転車にまたがり、さっさと帰ってしまった。

　取り残されたふたり。

「んもうぅ……だいじょうぶなのかな。夢羽《むう》は……」

　みるみる遠ざかっていく夢羽《むう》の後ろ姿《すがた》を目で追いながら瑠香《るか》が言うと、元《げん》は怒《おこ》ったように言った。

「だいじょうぶなわけないだろ？　茜崎《あかねざき》だって、小学五年生の女子なんだから！」

「……ま、でもさ。峰岸《みねぎし》さんに連絡《れんらく》するって言ってたし、だいじょうぶだよ、きっと。心配だから、わたし、夜になったらメールしてみるね」

取りなすように言う瑠香《るか》のほうも見ず、元《げん》は唇《くちびる》を噛《か》みしめた。

その視線《しせん》の先に、もう夢羽《むう》の姿《すがた》は見えない。

夏の日差しがフッと弱まり、黒い雲がみるみる広がっていく。

「やばっ！　ねえ、夕立来るよ！　とりあえず帰ろ！」

瑠香《るか》は自転車にまたがると、大急ぎで坂道を上り出した。

元《げん》も自転車に乗る。

彼《かれ》らの背中《せなか》を追い立てるようにして、遠くでゴロゴロと雷《かみなり》の音が聞こえ始めた。

たしかに、夕立が来るのは時間の問題だろう。

家々の窓《まど》から手が伸《の》び、大あわてで洗濯物《せんたくもの》や布団《ふとん》を取りこみ始める。

元《げん》は唇を噛みしめたまま、立ちこぎをし、グイグイと坂道を上っていくのだった。

19

「どうしたの？　元《げん》、さっきからボーっとして。ぼやぼやしてると、肉、なくなっちゃうわよ」

今日《きょう》は久々《ひさびさ》にすき焼きだ。

もわもわと甘辛風味《あまからふうみ》の湯気が部屋《へや》中に立ち昇《のぼ》っている。

エアコンが効《き》いているのがウソのよう。みんな汗《あせ》をだらだらかきながら食卓《しょくたく》の卓上コンロの上のすき焼き鍋《なべ》を囲んでいた。

いつもはシラタキやネギ、春菊《しゅんぎく》、エノキダケ、焼き豆腐《どうふ》……といった脇役《わきやく》ばかりが多くて、主役の牛肉は極端《きょくたん》に少ない。

ひとりだいたい二《に》枚程度《まいていど》と決まっている。

それでも、百グラム六百円はするのだから、ひとり頭六百円として、一家四人で二千四百円。もちろん、さっきの脇役たちの値段《ねだん》だってバカにならない。

へたすると四千円程度はかかってしまう。

春江《はるえ》にとって、外食するならまだしも、家で食べるのに一食四千円というのは、アンビリーバボーな世界だった。

まぁ、いくらかかってもだいたい半分の二千円。いや、普通《ふつう》は千円程度《ていど》ですませる。

それが、この日に限《かぎ》って牛肉をひとり四《し》、五枚《ごまい》食べてもよいというお許《ゆる》しが出ていたのだ。

理由は、元《げん》の父、英助《えいすけ》に臨時《りんじ》収入《しゅうにゅう》があったこと。インターネットで答えたアンケートの謝礼金《しゃれいきん》一万円が入ったのだ。そんなこと、とっくの昔に忘《わす》れていた英助《えいすけ》は、ついポロッと春江《はるえ》に言ってしまった。

内緒《ないしょ》にしておいて、自分のへそくりにすればよかったと気づいた時には後の祭りであった。

その一万円はあっという間に牛肉一キログラムに変身してしまった。

百グラム六百円の安い肉ではない。二ランク上、百グラム千円の米沢《よねざわ》和牛である！

「そういうあぶく銭《ぜに》はね。こうして家族みんなの幸福として、パッと食べてしまうに限《かぎ》るのよ。この一時の幸せに勝るものはないわ。そうでしょ？　それに夏にすき焼きなんてリッチでいいわよね！」

春江《はるえ》の有無を言わせぬ言い方に、英助《えいすけ》は汗《あせ》をかきつつ微笑《びしょう》するしかなかった。

「わーいわーい。ねぇ、いつものすき焼きと違《ちが》うよ。いつまでたってもお肉がなくならないよ？」

妹の亜紀《あき》が情《なさ》けない感心の仕方をする。

いつもだったら、亜紀《あき》と肉の取り合いをする元《げん》なのに、今夜はどうにも調子が乗らない。

たしかに、口に入れるととろけるような柔《やわ》らかさといい、ジュワッと口に広がるジューシーな肉の旨味《うまみ》といい、脂《あぶら》の乗りぐあいといい……たぶん初めて遭遇《そうぐう》する味なんだと思う。

でも、どうにも夢羽《むう》のことが気になってしかたないのだ。

「なんだ？　腹《はら》でもこわしたのか？　まぁ、なら無理に食べることはない。オレが食べてやろう」

英助《えいすけ》は元《げん》の前にノビノビと寝《ね》そべるいい具合に焼け始めた牛肉を箸《はし》でつかんだ。

肉の赤身がところどころ残っていて、透《す》き通るような脂《あぶら》が砂糖《さとう》醤油《じょうゆ》でテカっている。

「いいよ。それ、オレのだもん！」

我《われ》に返り、元《げん》があわてて箸《はし》でその肉をつかみ、防戦《ぼうせん》する。

「ほらほら、ふたりとも。お行儀《ぎょうぎ》悪すぎるわよ！」

ペシペシッと春江《はるえ》が英助《えいすけ》と元《げん》の手の甲《こう》を平等に叩《たた》いた。

「それにしても、本当にどうかしたの？　またママに隠《かく》し事《ごと》とかしてない？」

その言い方に、元《げん》は食べていたシラタキを吹《ふ》き出《だ》しそうになってしまった。

母親っていうのは、どうしてこう鋭《するど》いんだろう。超能力《ちょうのうりょく》があるとしか思えない。

しかも、絶妙《ぜつみょう》のタイミングで英助《えいすけ》が聞いた。

「そういや、翔《しょう》くんはどうなったんだ？」

ようやく吹き出さずにすませていたシラタキを今度はゴクンと飲みこんでしまった。

しかし、その飲みこんだ先が悪い。胃袋《いぶくろ》ではなく、気管のほうに入りそうになってしまったらしい。

「ゲホ、ゲホゲホッ!!」

体を弓なりにし、激《はげ》しく咳《せ》きこむと、両目から涙《なみだ》が出た。

その上、なんてことだ!!

鼻の穴《あな》から、白いシラタキがピローンと垂《た》れ下《さ》がったではないか。

「やだぁー！　お兄《にい》ちゃん、きたない。あっち行って!!　きゃーきゃーきゃー!!」

隣《となり》に座《すわ》っていた亜紀《あき》が茶碗《ちゃわん》と箸《はし》を持ったまま飛んで逃《に》げた。

「まったくぅ。元《げん》、洗面所《せんめんじょ》行ってきなさい。ほら、亜紀《あき》も椅子《いす》にもどりなさい!!」

春江《はるえ》の声が飛ぶ。

言われた通り洗面所に行き、鼻からぶら下がったシラタキを引っ張《ぱ》り出した。

すすりこむより、引っ張り出すほうがまだマシって気がしたのだが、どっちにしても最低な作業だった。

ようやくシラタキをなんとかすることに成功した元《げん》は、ジャブジャブと顔を洗《あら》った。

タオルで顔を拭《ふ》き、鏡のなかの自分を見る。

ふーっと大きく息をつき……。

そして、決意したのだった。

夢羽《むう》は、オレが守る！

20

夕飯が終わり、居間《いま》でテレビを見ているふりをしながら、あれこれ作戦を考えていた時、電話が鳴った。

そろそろ瑠香《るか》からかかってくる頃《ころ》だろうと思っていた時だ。

幸い、春江《はるえ》は二階の和室で布団《ふとん》にシーツをかけているところだったし、英助《えいすけ》は風呂《ふろ》に入っている。

「わたしが出るー！」

と、立ち上がった亜紀《あき》を突《つ》き飛《と》ばし、元《げん》は受話器を取った。

「んもー、お兄《にい》ちゃん！」

突き飛ばされた亜紀《あき》がブーブー文句《もんく》を言う。

「もしもし……？」

元《げん》が聞くと、一瞬《いっしゅん》、間があった。

え??

瑠香《るか》じゃない??

とすると、もしかして夢羽《むう》??

胸《むね》がドキンドキンと激《はげ》しく鳴るのがわかった。

しかし、少ししておなじみの元気な瑠香《るか》の声が響《ひび》いた。

「あ、ごめんごめん！　ママに呼《よ》ばれたからさ。えーっと、元《げん》くんだよね？」

ホ――ッとため息をつき、元《げん》は答えた。

「ああ、そうだよ」

「あのね。例のこと、やったのよ。翔《しょう》くんにメール送信……」

「あ、ああ……そうか。それで？」

「ん、すぐ返事きたよ。喜んでた。やっぱ翔《しょう》くんは犯人《はんにん》じゃないんだね！」

「そりゃそうだよ。で、他のふたりには言ってくれたって？」

「うん！　どっちにも連絡《れんらく》したって。ふふふ、村田健吾《むらたけんご》、今頃焦《いまごろあせ》ってるわよね」

「そ、そうだな……」

焦《あせ》って、そして、今頃《いまごろ》はなんとかカネのワンピースを盗《ぬす》もうと算段《さんだん》していることだろう。

ま、まさか、証拠隠滅《しょうこいんめつ》とかって、家に放火したりはしないよな？

ふいに浮《う》かんだ恐《おそ》ろしい考えを元《げん》は振《ふ》り払《はら》った。

ひったくりした上、放火までするなんて。あまりにひどすぎる。そんなことは、絶対《ぜったい》ないだろう……たぶん……。

「元《げん》くん？　どうかした？」

急に黙《だま》りこんだもんだから、瑠《る》香《か》が心配そうな声で聞いた。

「い、いや、なんでもない。で、峰岸《みねぎし》さんには連絡《れんらく》したのか？」

声《こえ》をグッと落として聞く。

亜紀《あき》が聞き耳をたてているのがわかっていたからだ。

瑠《る》香《か》は、途端《とたん》に明るい声になった。

「うん！　メールしてみた。そしたら、こっちもすぐ返信があって。『夢《む》羽《う》くんから事情《じじょう》は聞《き》きました。こちらで手配もすませたので、だいじょうぶです。君たちは絶対《ぜったい》に家から出ないように』だって！　ふふふ。心配性《しんぱいしょう》ね、彼《かれ》も」

元《げん》はハァーッとため息をついた。

「そりゃそうだろ。で、茜崎《あかねざき》のことはなんて？」

「ううん、それは書いてなかったなぁ。夢羽《むう》の家って電話ないんだよね。だから、連絡《れんらく》できないし……。でも、峰岸《みねぎし》さんがだいじょうぶって言うんだから、その辺もちゃんと考えてくれてるんじゃない？」

そう言われては、もうどうしようもない。

それに、自分がこれからしようとしていることを瑠香《るか》なんかに言ったら、彼女《かのじょ》もいっしょに来ると言い出しかねない。いや、絶対に言うだろう。

だから、元《げん》は素直《すなお》に了解《りょうかい》したふりをした。

「……わかった。じゃ、結果はあしただな。また、何かあったら連絡して」

「了解《りょうかい》!!　じゃね、バイバイ！」

受話器を置くと、テレビを見ていた亜紀《あき》がヒョイと振《ふ》り返《かえ》った。

「瑠香《るか》ちゃんからだったの？」

「あ？　い、いいだろ、別に誰《だれ》だって」

「ふ――ん。ふっふっふ」

亜紀《あき》は意味ありげな笑い方をした。

「なんだよ！」

元《げん》が言うと、彼女《かのじょ》はノリせんべいをバリッとかじって、「べっつにー！」と、またテレビに顔をもどした。

「ちぇっ」

いつもなら、亜紀《あき》の頭を一発叩くところだが、大切な仕事を控《ひか》えた今はムダなもめ事など起こしたくない。

グッと我慢《がまん》し、元《げん》は自分の部屋《へや》へともどった。

もどり際《ぎわ》、バスルームのドアが開き、ほかほかと湯気《ゆげ》を全身からあげながら、英助《えいすけ》が現《あらわ》れた。

「おう。風呂《ふろ》、入るか？」

「い、いや……今日《きょう》はやめとく。風邪《かぜ》っぽいから」

とっさに元《げん》が言うと、英助《えいすけ》は首にかけたバスタオルで短い頭をぐりぐりと拭《ふ》きながら、ウンウンとうなずいた。

そして、階段《かいだん》を上っていく元《げん》の後ろ姿《すがた》に声をかけた。

「おい、元《げん》。だいじょうぶか？」

びっくりして振《ふ》り返る元《げん》。

まさか全部お見通しなのでは……？

春江《はるえ》に超能力《ちょうのうりょく》があるのは知っていたが、英助《えいすけ》にもあったのか。恐《おそ》ろしい夫婦《ふうふ》だ！

しかし、英助《えいすけ》はびっくりした顔の元《げん》に笑いかけた。

「いや、さっきのシラタキだよ。あれはどうしたんだ？　出したの？　それともすすりこんだの？」

ガクガクガクッ……。

元《げん》はあまりのギャップに、階段から転がり落ちそうになった。

英助《えいすけ》はゲラゲラ笑いながら、バスタオル一枚《いちまい》の格好《かっこう》で居間《いま》へと行ってしまった。

21

十時半……。亜紀《あき》がスースーと規則《きそく》正しい寝息《ねいき》をたて始めたのを確認《かくにん》すると、元《げん》は暗《くら》闇《やみ》のなかでパッと目を覚ました。

いつも十時には夢《ゆめ》の世界にいる元《げん》には、少し目がショボショボする時間である。

軽く頬《ほお》をペチペチと叩《たた》き、目を覚ます。

ムクッと起き上がり、ベッドから出た。

実はパジャマの下に、黒いT《ティー》シャツとジーンズを着ているのだ。ジーンズは半ズボンではなく、長いやつにした。少しでも小学生に見えないようにという配慮《はいりょ》からだ。

リュックを背負《せお》う。

なかには、懐中電灯《かいちゅうでんとう》、水筒《すいとう》、チョコレート、ハンカチ、ティッシュ、メモ帳、サインペン、スニーカー、腕時計《うでどけい》、パチンコ、そして警報装置《けいほうそうち》が入っていた。

何が必要になるかわからなかったから、適当《てきとう》である。

万が一犯人《はんにん》と対決しなきゃいけないことになったら、パチンコは武器《ぶき》になるし、警報装置《そうち》を鳴らせば、警察《けいさつ》が来てくれるだろう。

そんなことにならなければいいけど……。

ついつい弱気になってしまうのをグッとこらえ、元《げん》は足音を忍《しの》ばせながら階段《かいだん》を下りた。

ミシッ、ミシッ……と、いつもならまったく気にならない木の音が響《ひび》きわたった。

パジャマのままである。

万が一、英助《えいすけ》か春江《はるえ》に見とがめられても、トイレだと言えばいいように。

パジャマは外に出てから脱《ぬ》ぎ、リュックに押《お》しこむ予定だった。

玄関《げんかん》から出るのはあまりに危険過《きけんす》ぎるから、元《げん》は台所の勝手口から出ることにした。

もちろん、春江《はるえ》がもう台所や居間《いま》にいなかったら……であるが。

幸い、春江《はるえ》も英助《えいすけ》もいなかった。誰《だれ》もいない一階は、暗く静まり返っていた。

たぶんふたりとも、二階の和室でテレビでも見ながら寝《ね》っ転がっているんだろう。いや、もしかすると、もう寝てしまっているかも。出版社《しゅっぱんしゃ》に勤《つと》めている英助《えいすけ》は、ふだん帰りが遅《おそ》い。今日《きょう》のように早く帰った日は、日頃《ひごろ》の睡眠不足《すいみんぶそく》を解消《かいしょう》するんだって、できるだけ早く寝《ね》てしまうからだ。春江《はるえ》もそういう夜は早くに寝るはずだ。

暗い居間《いま》を横切り、台所に行く。

十分に注意していたはずなのに、椅子《いす》がガタンと大きな音をたて、元《げん》は心臓《しんぞう》が口から飛び出したかと思った。

背負《せお》っていたリュックが椅子《いす》の背に当たったのだ。

「シーッ」

元《げん》は椅子に向かって指を口の前に立てた。

ようやく静けさがもどり、ほっと息をついた時。

バチョンッ！

またまたとんでもない音がして、心臓が飛び出しそうになった。

今度は、水道だった。

なぜか水が急に落ちて、ステンレスの流しに激突《げきとつ》した音だったのだ。

はぁぁ……。

泥棒《どろぼう》なんて商売、絶対《ぜったい》にできない。

自分の家でさえこうなのに、他人の家だなんて。

心臓《しんぞう》に悪いことばかりで、早死にするに決まってる。


なんとか勝手口から脱出《だっしゅつ》した元《げん》。リュックからスニーカーを取り出してはく。

裏庭《うらにわ》の隅《すみ》っこにある大きな石の裏側《うらがわ》に、勝手口の鍵《かぎ》が隠《かく》してあるのを知っていた。

しかし、庭は真っ暗だ。

懐中電灯《かいちゅうでんとう》の出番である！

リュックから取り出すと、懐中電灯を点灯。植木鉢《うえきばち》やら何やらをけっとばさないように注意しつつ、石の前に到着《とうちゃく》した。

手を伸《の》ばし、探《さぐ》ってみると……あった!!

小さな鍵の堅《かた》い感触《かんしょく》が。

ギュッと握《にぎ》りしめると、胸《むね》の底がフワッと熱くなった。

なんだか自分ちの勝手口の鍵《かぎ》を発見しただけなのに、まるでトレジャーハンターのようである。

無事、鍵をかけることもでき、家の外に脱出《だっしゅつ》できた時には、へなへなと座《すわ》りこんでしまいそうになった。

それほど体力も気力も使ったのである。

あらかじめ家の外に出しておいた自転車にまたがった元《げん》は、ハンドルを握《にぎ》る自分の腕《うで》を見てギョッとした。

ま、まずい!!

パジャマのままじゃないか!!

あわてて自転車を路地裏《うら》へと移動《いどう》させ、大急ぎでパジャマを脱《ぬ》ぐ。

本当なら、裏庭《うらにわ》に出たところで着替《きが》えをすませておくはずだったのを、コロッと忘《わす》れていた。

危《あぶ》ない、危ない。

小学生がこんな夜中に自転車でうろついているのを見つかったら、それだけで大変なのに、パジャマだなんて目立ち過《す》ぎだろ。

電信柱の上についた街灯に、蛾《が》が群《むら》がっているのが見えた。

気を取り直して、現場《げんば》に急行することにした。

向かうは、今田《いまだ》カネの家だ!!

22

自転車のライトを点《つ》け、夜の住宅地《じゅうたくち》を走る。

まだ十一時前だから、歩いている人もチラホラいる。

夏だから寒くはないが、ドキドキはかなりのものだ。

もし、春江《はるえ》に抜《ぬ》け出したことが見つかってしまったら……。そんな心配でドキドキしてるのではない。もちろん、そんなことになったらすごく困《こま》る。

しかし、今のドキドキはそういうんじゃない。手も小刻《こきざ》みに震《ふる》えてたりするけど、決して怖《こわ》いからでもないし。どういうんだろう。これから起こることを考えるだけで、ワ――ッと大声で叫《さけ》び出したくなるような気持ちと言ったらいいんだろうか。

それにしても、村田《むらた》健吾《けんご》はちゃんとワナに引っかかってくれるんだろうか？

引っかかってくれるにしても、何時くらいに来るんだろう……？

まさか深夜の二時とか三時なんてことになったら、それまで待ってなきゃいけないんだろうか。

いやいや。

夢羽《むう》が待つというのなら、オレも待とう。

そうだ。

そのために、こうして出てきたんだから！

もう一度《いちど》覚悟《かくご》を決め、元《げん》は前をにらみつけるようにしてカネの家へと自転車を走らせた。

キイッとブレーキの音を響《ひび》かせ、自転車を停めた。

カネの家の手前の路地。周りを見ると、路上駐車《ちゅうしゃ》をしている車が何台かあるだけで、誰《だれ》もいない。夢羽《むう》の姿《すがた》なんかどこにもない。

「あ、あれ……？」

元《げん》は首を傾《かし》げた。

もしかすると、夢羽《むう》は峰岸《みねぎし》たちに任《まか》せて、家でおとなしく待機しているのかも。

元《げん》の思《おも》い違《ちが》いか。

それとも、やっぱりもっと遅《おそ》くなってからなんだろうか？

もう少しちゃんと打ち合わせをしておくべきだった。

元《げん》が後悔《こうかい》しつつ、それでも名残惜《なごりお》しそうにあたりをグルッと回ってみようと自転車のペダルに足をかけた時だった。

「ヒュッ」と、風がかすれるような音が聞こえてきた。

とっさにそっちを見ると、暗い路地の入り口……。カネの家からは少し離《はな》れた電信柱から白く細い腕《うで》が現《あらわ》れ、おいでおいでをしていた。

「ひ、ひぇっ！」

思わず悲鳴をあげそうになるが、必死にこらえる。

ヒョイと白い顔が見えたからだ。

ボサボサの長い髪《かみ》をたらした夢羽《むう》だった。

お化けには、おぞましい系《けい》のお化けと美少女系のお化けがいると思うが、この場合は完璧《かんぺき》に後者である。

夢羽《むう》だというのがわかってもなお背筋《せすじ》がゾクゾクした。

自転車を押《お》しがけし、元《げん》は夢羽《むう》の横に急いで行った。

「すっげぇ焦《あせ》ったぁ……」

元《げん》が言うと、夢羽《むう》は自転車を路地の奥《おく》に置いておくように言った。

路地は間もなく行き止まりになっていて、夢羽《むう》の自転車もあったから、並《なら》んで駐輪《ちゆうりん》する。

「いつからいるんだ?」

元《げん》が小声で聞くと、夢羽《むう》はちらっと腕時計《うでどけい》を見て言った。

「そうだな。カネさんが家を出てからずっとだ」

「ずっと?」

「うーん、二時間くらいかな」

「そんなに？　危《あぶ》ないよ、こんなとこに女の子がひとりで」

「だいじょうぶ。表の通りに車が駐車《ちゅうしゃ》してあっただろ？」

夢羽《むう》が細いあごを突《つ》き出《だ》して言う。

「あ、ああ」

「あれ、峰岸《みねぎし》さんたちだから」

「そ、そうだったんだぁ……」

「うん。あっちもわたしがいるの、わかってるしね。もちろん、早く家に帰れってうるさかったけど、わたしが大騒《おおさわ》ぎするって脅《おど》したら、しかたなく引き下がったよ」

「ひぇー」

瑠香《るか》も怖《こわ》いが、夢羽《むう》も十分怖い。

元《げん》がびっくりしているのを見て、彼女《かのじょ》はフフッと笑った。

「彼《かれ》らにとっても、連続ひったくり犯《はん》を捕《つか》まえるチャンスだしね。逃《のが》したくはないんだと思うよ。それに、ここの道、行き止まりだし。入り口、警察《けいさつ》が見張《みは》ってくれてるから安心だしさ」

彼女《かのじょ》はそう言うと、ちょっと言葉を切り、元《げん》を見つめた。

「え？」

と、ドギマギしている元《げん》を見つめ、夢羽《むう》は言った。

「それに、あんたもボディガードに来てくれたんだろ？」

元《げん》の顔から火が噴《ふ》いたかと思った。大あわてでうつむく。

「あ、あ、そうだ……、これ」

元《げん》はその場をなんとか取りつくろうつもりで、リュックからチョコを出し、夢羽《むう》にひとつ渡《わた》した。

彼女《かのじょ》はにっこり笑って紙包みをはがし、早速《さっそく》口に放りこんだ。

「ん、おいしい」

元《げん》はまだ顔を赤くしたまま自分もチョコを口に入れて言った。

「あいつ、来るとしたらいつ頃《ごろ》来るかな……」

「さあ……。もうちょっと遅《おそ》くなってからかな」

「やっぱり？　だとしたらどうするんだ？　ずっと待ってるつもり？」

「そうだな。ここまで来たら見届《みとど》けたいからね。いいよ、なんだったら帰っても。峰岸《みねぎし》さんたちがいるからだいじょうぶ」

あっさりそう言われ、元《げん》はブンブンと大急ぎで首を横に振《ふ》った。

「い、いや、最後までつきあう。茜崎《あかねざき》に何かあったら大変だもんな」

こんなこと、太陽の下とか蛍光灯《けいこうとう》の下とか、とにかく明るいところだったら、とってもじゃないけど恥《は》ずかしくって言えない。

するとその時、いきなり元《げん》の足に何ものかがまとわりついてきた。

「ひゃあ～～」

思わず情《なさ》けない声をあげてしまい、あわてて口をふさぐ。

正体はトラだった。

「本当に気に入られたらしいな」

夢羽《むう》がクスッと笑った。

元《げん》はフーッとため息をついた。

それから五十分ほど経《た》ったくらいだろうか。

深夜十二時になろうかという時、ようやく動きがあった。

ひょろっとした若《わか》い男が口笛を吹《ふ》きながらカネの家に近づいたかと思うと、キョロキョロし始めたのだ。

途端《とたん》に緊張感《きんちょうかん》がみなぎる。

今までだってドキドキしていたが、今や一千倍くらいのスピードで心臓《しんぞう》が暴《あば》れ始めた。

ふと見ると、夢羽《むう》もギュッと手を握《にぎ》りしめていた。

目が合う。

彼女《かのじょ》は静かにうなずいた。

きっと車のなかで息を潜《ひそ》めて待機している峰岸刑事《みねぎしけいじ》たちも、固唾《かたず》をのんで見ているはずだ。

男は何度もキョロキョロして、カネの家のようすや道路を見た。

一瞬《いっしゅん》、シルエットが見えて、彼《かれ》が間違《まちが》いなく、村田《むらた》か誰《だれ》かだというのがわかった。例のブカブカのズボンを思いっきりズリ下げてはいていたからだ。

彼《かれ》は帰りかけたり、行きかけたりを繰《く》り返《かえ》した。

もしかして、こっちまで来ないだろうかと冷や冷やしたが、ようやく決心したのか、さっとカネの家の玄関口《げんかんぐち》へと歩いていった。

23

元《げん》たちの場所からは見えなかったが、玄関のドアに鍵《かぎ》はかかっていなかった。

もちろん、このことで犯人《はんにん》が不《ふ》審《しん》に思うかもしれないという心配はあったが、それより何より証拠《しょうこ》を盗《ぬす》むことに必死だろうと警察《けいさつ》、および夢《む》羽《う》は考えた。

それに、カネが玄関の鍵をかけ忘れたんだろうと思うかもしれない。

実際《じっさい》、男は難《なん》なくドアが開いたことにギクッとなったが、ここまで来たら後に退《ひ》けないとばかり、家のなかに入っていったのである。

しばらく、またあたりに静寂《せいじゃく》がもどる。

いつ警察《けいさつ》が踏《ふ》みこむのかと元《げん》はドキドキしながら見ていたが、まったく動く気配はなかった。

そして、約《やく》三分が経過《けいか》した。

しかし、元《げん》にはまるで一時間にも思えた。

やっと男が玄関《げんかん》から出てきた時には、思わず声を出しそうになって口を手でふさいだ。

その時である。

それまで、物音ひとつさせなかった自動車のライトがいっせいに点灯した！

いや、自動車だけではない。

どこにそんなに隠《かく》れていたのかという数の警官《けいかん》が飛び出し、強烈《きょうれつ》な懐中電灯《かいちゅうでんとう》の光を男に向けて照らしたのである。

いきなりカネの家の玄関は何万個《なんまんこ》もフラッシュをたいたように明るくなった。

あまりのことに、男は目を両手で覆《おお》って玄関に突《つ》っ立《た》ったままだった。

「もういいでしょう。ライトは消してください」

という声がして、黒い自動車のドアが開き、長身の峰岸《みねぎし》が現《あらわ》れた。

それを合図にパッとライトが消え、峰岸《みねぎし》が乗《の》っていた車のライトだけになった。

「行くよ」

夢羽《むう》はそう言うと、スッと道路へ出た。

元《げん》もあわてて後に続く。

なすべもなく、玄関《げんかん》に立っていたのは、やはり村田健吾《むらたけんご》だった。

彼《かれ》はほとんど泣き出しそうな顔《かお》で、ブルブル体を震《ふる》わせ、その場に座《すわ》りこんでしまいそうだった。

峰岸《みねぎし》が微笑《ほほえ》みながら近寄《ちかよ》る。

そして、村田《むらた》の肩《かた》をポンと叩《たた》いた。

同時に、村田《むらた》は両手に持っていた布《ぬの》を地面に落とした。

それは、黄色と紫《むらさき》の花柄《はながら》ワンピースだった。

「それ、カネさんがひったくりに遭《あ》った時、着てた服なんだね？」

夢羽《むう》が急に聞いたもんで、村田《むらた》はアワアワと口を開けたまま彼女《かのじょ》を見つめた。

「峰岸《みねぎし》さん、彼《かれ》はどうなっちゃうんですか？」

夢羽《むう》は峰岸《みねぎし》に聞いた。

峰岸《みねぎし》は少し困《こま》った顔で答えた。

「不法侵入《ふほうしんにゅう》の現行犯《げんこうはん》だね」

その一言に、村田《むらた》は自分の行動が信じられないという顔で峰岸《みねぎし》を見た。

夢羽《むう》は、さらに峰岸《みねぎし》に聞いた。

「ところで、この前からの連続ひったくり事件《じけん》。あれって、どういう罪《つみ》になるんですか？」

村田《むらた》は目を見開き、夢羽《むう》を見た。

峰岸《みねぎし》は答えた
「うーん、そうだな。まぁ、ケースバイケースだし、最終的には裁判官《さいばんかん》が決めることだけどね。窃盗罪《せっとうざい》だと十年以下の懲役《ちょうえき》、相手に怪我《けが》をさせてしまったりした場合は、強盗《ごうとう》罪《ざい》になってしまうから、また違《ちが》うかな？」

村田《むらた》はガタガタ震《ふる》えて、立っていることすらままならない。

夢羽《むう》はそんな村田《むらた》のほうは見ず、峰岸《みねぎし》に続けて聞いた。

「でも、たしか……自首した場合って、刑《けい》が軽くなったりするんですよね？」

自首というのは、元《げん》も知っている。

自分で罪《つみ》を認《みと》めて、警察《けいさつ》のほうに「自分がやりました」と申し出ることだ。

すると、峰岸《みねぎし》は夢羽《むう》の考えていることがわかったのか、にっこり笑って言った。

「そうだよ。特に相手が未成年だったり、初犯《しょはん》だったりした場合、自首すればずいぶん裁判官《さいばんかん》の心証《しんしょう》もいいだろうからね。うまくすれば執行猶予《しっこうゆうよ》がついて、刑務所《けいむしょ》には行かないですむかもしれない」

「なるほど！」

夢羽《むう》も峰岸《みねぎし》を見てにっこり笑った。

その時だ。

ついに、村田《むらた》がワァッと泣き崩《くず》れた。

そして、

「オ、オレが……オレがやりました!!　う、ううっぅ……、で、でも、本当に最初は……そんなに悪気なかったんです……う、うぅぅ……」

と、涙《なみだ》でぐしゃぐしゃになった顔で言った。

そんな村田《むらた》を峰岸《みねぎし》は優《やさ》しく抱《かか》え上《あ》げてやった。

「さ、くわしい話は署《しょ》で聞くよ。でも、よかったな。君もつらかったんだろう？　こんなこと、早く終わりにしたいって」

そう言われ、村田《むらた》は泣きながら何度も何度もうなずいた。

なんだか感動して、元《げん》はボーっとしていた。

しかし、そんな元《げん》と夢羽《むう》の肩《かた》をガッチリつかんだ人がいた。

「え⁇」

と、見上げる。

「父《とう》さん……!?」

元《げん》はパクパクと口を開けた。

そう。なんと、いつの間にいたのか、元《げん》の父、英助《えいすけ》が斜《なな》め上からジロッとにらみつけていたのだ。

「父《とう》さん、いつから……？」

元《げん》が聞くと、彼《かれ》は苦笑した。

「すき焼き食べてる時からおかしいと思ってたさ」

「げげ、じゃあ、オレが家、出る時もわかってたの？」

英助《えいすけ》は苦笑したままうなずいた。

「じゃ、じゃあ!! 母《かあ》さんは??」

元《げん》が恐《おそ》る恐る聞くと、英助《えいすけ》はパチッとウィンクして言った。

「だいじょうぶ。あの人は夢《ゆめ》のなかさ。最近、ほんと寝付《ねつ》きいいからなぁ、ママは。この前だって夜中に地震《じしん》あったって起きなかっただろ？」

元《げん》はホーッと息をつき、英助《えいすけ》には敵《かな》わないなぁとつくづく思ったのだった。

24

そして、翌日《よくじつ》のこと。

日曜の朝である。

元《げん》は瑠香《るか》に叩《たた》き起こされ、ゆうべの一部始終を説明するため、家を飛び出した。

「やっぱりねー。ふたりとも、もしかしたら行ったのかもって思ってたんだ」

瑠香《るか》は言った。

「でも、わたしはさすがにそんな冒険《ぼうけん》できないもんね。元《げん》くんたちも、無茶し過《す》ぎちゃだめだよ！」

夢羽《むう》も呼《よ》び出されていたのだが、彼女《かのじょ》は意外にも素直《すなお》に「わかった」と言った。

あれから、元《げん》と英助《えいすけ》とで夢羽《むう》を送って行ったのだが、英助《えいすけ》は元《げん》に言うのと同じように、夢羽《むう》にも厳重《げんじゅう》に注意したのだった。

三人は、その後、商店街近くの公園に翔《しょう》を呼《よ》び出した。

彼《かれ》も昨日《きのう》の事件《じけん》のことは知っていたらしく、あわててやってきた。

「でもさ。オレ、未《いま》だに信じられねえよ。村田《むらた》のやつが犯人《はんにん》だったなんて。あいつ、けっこういいやつなんだけどなぁ。それに、なんかさ。朝、刑事《けいじ》さんから聞いたけど。村田《むらた》、授業料《じゅぎょうりょう》を入れた袋《ふくろ》、落としたんだって。で、ちょうど通りかかったおばあさんの手押《てお》し車《ぐるま》に財布《さいふ》の入ったカバンが無防備《むぼうび》に置いてあって。で、ついつい出来心で盗《と》っちまったらしい」

気のいい翔《しょう》は、あわや自分が犯人《はんにん》にさせられそうになったというのも忘《わす》れ、しきりと村田《むらた》のことを気《き》遣《づか》っていた。

「それ、一回じゃないんだもん。やっぱり同情《どうじょう》できないよ！」

瑠香《るか》がきっぱり言う。

「まぁなぁ。なんか……やっぱ、一度うまくいくとどうしても誘惑《ゆうわく》に負けちまうんだろうなぁ」

翔《しょう》は肩《かた》を落とした。

「結局、翔《しょう》くんのアリバイ、はっきりしなかったね」

元《げん》が言うと、翔《しょう》はしきりと頭をかいた。

「ごめん」

「ま、でも、真犯人《しんはんにん》がわかったんだからいいんじゃない？」

瑠香《るか》が言うと、夢羽《むう》は翔《しょう》に聞いた。

「そういえば、あのおばあさん……ヨシエさん。彼女《かのじょ》の荷物を持ったの、やっぱり思い出せない？」

しかし、翔《しょう》は首を傾《かし》げるばかりだ。

「とりあえず、ちょっと会いに行ってみようよ」

夢羽《むう》はそう言うと、翔《しょう》を連れてヨシエの家へと向かった。

やっぱり夢羽《むう》はどっか引っかかってるんだろうなと元《げん》は思った。


紫《むらさき》や青の大きな朝顔の花が何個《なんこ》も開き、朝露《あさつゆ》に濡《ぬ》れていた。

その植木に、ヨシエが水をやっていた。

「おはようございます！」

夢羽《むう》が声をかけると、ヨシエは「おやおや」としわだらけの顔で笑いかけた。

そして、後ろに立っていた翔《しょう》を見上げ、「あっ！」と声をあげた。

「そうそう！　この人《ひと》、このお兄《にい》さんですよ。親切に荷物持ってくれてねぇ。クリーニング屋さんからの帰りだったから、荷物がいっぱいでねぇ。大変だったんだ。あの時はありがとうねぇ」

ヨシエがそう言うと、夢羽《むう》はきれいな眉《まゆ》を少し上げた。

「クリーニング屋からの帰りだったんですか?」

「ああ、そうだよ。ちょっとね、おじいちゃんの重い上着があったりしたからねぇ」

「じゃ、その日が何日か……。クリーニング屋のレシートとか控《ひか》えとかでわかりませんか?」

夢羽《むう》に聞かれ、ヨシエはびっくりした顔になり、あわてて家のなかに入っていった。

しばらくして、ビニールに包まれた洗濯物《せんたくもの》を持ってきた。

「あったあった!! 七月二日《ふつか》よ!!」

夢羽《むう》はにっこり笑った。

ヨシエも胸《むね》を撫《な》で下ろしたように言った。

「はぁ、よかった。わたしもね、気になってたの。そうね、これを見ればわかったんだわ。そうそ。それに、あの時、和菓子屋《わがしや》で買ったぼた餅《もち》、あなたにお礼にあげたんだわ。

あのレシートだってあったんだもの。あれ、おいしかったでしょ？」

ヨシエに言われ、翔《しょう》は首を傾《かし》げつつ、ズリ下げたズボンのポケットに両手を突《つ》っこんだ。

そして、ふと怪訝《けげん》そうな顔になり、ポケットから何かをつまみあげた。

みんなも不思議そうに見つめる。

翔《しょう》はつまみあげた白いものをみんなの目の前に突きつけた。

「ぼた餅《もち》……だ……」

といっても、もはやそれはぼた餅の化石にしか見えない。

ガビガビに堅《かた》くなったぼた餅に、みんなプーッと吹《ふ》き出した。

それを合図にしたように、アブラゼミがいっせいに鳴き出したのだった。

おわり

IQ《アイキュー》探偵《たんてい》ムー

キャラクターファイル

IQ《アイキュー》探偵《たんてい》ムー

キャラクターファイル

#07

名前………相《あい》沢《ざわ》翔《しょう》

年…………18歳《さい》

学年………映像科《えいぞうか》1年生

学校………吉元専門《よしもとせんもん》学校《がっこう》

家族構成《こうせい》…父／清《きよし》　母／礼子《れいこ》　妹／舞《まい》（中学3年生）

外見………ツンツン立った短い茶髪《ちゃぱつ》。ボロボロのジーンズをずり下げてはいている。両耳と眉《まゆ》の上にピアス。

性格《せいかく》………優《やさ》しく、どちらかというと気が弱いが、最近は友人の影響《えいきょう》か、今時の若者《わかもの》らしい格好《かっこう》をしている。

IQ《アイキュー》探偵《たんてい》ムー

キャラクターファイル

#08

名前………杉《すぎ》下《した》英《えい》助《すけ》

年…………42歳《さい》

職業………出版社《しゅっぱんしゃ》、営業《えいぎょう》

家族構成《こうせい》…妻《つま》／春江《はるえ》　長男／元《げん》（小学5年生）

長女／亜紀《あき》（小学2年生）

外見………中肉中背《ちゅうぜい》。特にハンサムではないが、かっこ悪くもない。

性格《せいかく》………元《げん》のよき相談相手。ズッコケたところもあるし、めんどくさがりやでマイペース。根が楽天的で明るいが、ここぞという時、けっこう頼《たよ》りになる。

あとがき

初めまして！　でしょうか？

おひさしぶり！　でしょうか？

『ＩＱ探偵《アイキユーたんてい》ムー』もおかげで、３巻目《かんめ》です！

それに、なんとなんと。この本が出ている今ごろは、「朝日小学生新聞」という立派《りっぱ》な新聞に連載《れんさい》されているはずなんです。うれしいじゃありませんか。

ちょっとした思いつきで生まれた物語ですが、元《げん》たちの世界がどんどん広がっています。わたしには、本当に銀杏《いちょう》が丘《おか》もギンギン商店街もあるように感じます。

そこに行けば、きっとヤオナガのおじさんもいるでしょうし、もしかしたら、自転車に乗っている元《げん》や瑠香《るか》に会えるかもしれません。川ぞいの坂道を上っていくと、夢羽《むう》の洋館があって、そこの塀《へい》の上にラムセスが座《すわ》りこんでいるかも。

そんな想像《そうぞう》がどんどんふくらんでいく夢羽《むう》の世界。

わたしは、この物語を書く時、いつも楽しくってしかたありません。

ふだん、別のことをしていても、ふと思い出して、「あ、これは夢羽《むう》で使えるかも！」とすぐ思ったりします。

今回の『アリバイを探《さが》せ！』で、夢羽《むう》がおばあさんを引っかけるシーン、犯人《はんにん》を追いつめるシーン、両方とも大好きなテレビシリーズ『刑事《けいじ》コロンボ』をお手本に書きました。そっか。といっても、みんなは知らないですよね。

いつもヨレヨレのトレンチコートを着ている冴《さ》えないおじさん刑事のコロンボ。彼《かれ》の推理《すいり》は、その格好《かっこう》や顔つきから想像《そうぞう》もできないほどシャープで、犯人《はんにん》たちは「してやられた‼」と、奥歯《おくば》をギリギリとかみしめることになるのです。

彼のやりかたは、犯人からすると、とっても「ずるい！」「ひどい！」ものなんですが、見ているこっちはスッキリ。

子供《こども》のころ、わたしはこのシリーズが大好きでした。大人《おとな》になってからも、再放送《さいほうそう》を何度も何度も見ました。そうそう、いまだに時々再放送してますから、見てみてください。おもしろいですよ！

わたしは、物語を作るやり方を『刑事コロンボ』にいっぱい教えてもらいました。

だいぶ違《ちが》いますが、今はコロンボではなく、夢《む》羽《う》が事《じ》件《けん》をおもしろいほど爽《そう》快《かい》に解《かい》決《けつ》していってくれます。

かたやヨレヨレのレインコートを着た冴《さ》えないおじさん刑《けい》事《じ》、かたやボサボサのロングヘアーの美少女小学生探《たん》偵《てい》。

どこにも共通点はないように思えますが、人と違《ちが》う視《し》点《てん》で常《つね》に世の中を見ているってところが似《に》ているのかもしれません。


さて、話はガラッと変わって、「読書感想文」について。

え？　どうして？　ですって？

実はですね、ついさっきまで、娘《むすめ》が宿題で読書感想文をイヤイヤ書いていたのです。

わたしも覚えています。何書いていいかわからないし、あらすじを書いた後に「すごくおもしろかったです」で終わっちゃうんですから。

書かなくてはいけない枚《まい》数《すう》になかなかならないもんだから、だらだらとあらすじを書いたりしたもんです。

もっと困《こま》ったのは「読書感想画」です。最近はないのかな？　あまり聞きませんけど。あれもねぇ。結局、困りはてて、本のさし絵を丸写ししたりしましたっけ。

おとなはどうしてあんな困ることを子供《こども》にさせたがるのでしょう。

もっと単純《たんじゅん》に、本のあらすじを原稿用紙《げんこうようし》三枚《さんまい》にまとめなさいとか、登場人物の絵を描《か》きなさいとかってほうが、よっぽど勉強にもなるし、宿題をするほうも楽しく取り組めるんじゃないかしら。

とはいえ、これを読んでいる小学生のみなさんは、読書感想文を書いたり感想画を描いたりしなきゃいけないんですよね。

では、ここだけの話、ちょっと秘《ひ》けつを教えてあげましょう！

どーーしても困《こま》ったら……参考にしてみてください。

まず「読書感想文」。これはね。大部分をしめるはずのあらすじをワザと書かないんです。そのかわり、主な登場人物を紹介《しょうかい》していくの。そして、その人について、自分がどう感じたか、簡単《かんたん》なコメントもそえます。たとえば、こうです。

「杉下元《すぎしたげん》。銀杏《いちょう》が丘《おか》小学校に通う五年生の男の子。髪《かみ》の毛は短く、身長もふつう。両親と妹の四人家族。前に剣道《けんどう》を習っていたこともあるけれど、今は何もしていない。好きなことは、わくわくする冒険《ぼうけん》の話やナゾナゾ。最近、転校してきた茜崎夢羽《あかねざきむう》のことが気になってしかたがない。

わたしは、この本を読む時、いつも元《げん》の気持ちになってしまう。元《げん》と同じように、夢《む》羽《う》の言葉に驚《おどろ》いたり、ハラハラしたりした。気が弱いところもあるけれど、いざという時、夢羽《むう》を守ろうとするところがよかったと思う」

とかね。この調子で、瑠香《るか》、夢羽《むう》、峰岸刑事《みねぎしけいじ》……と書いていくんです。あーら、不思議。気がつくと、どんな話なのかがわかってくるし、それをどんなふうにあなたが読んだかわかります。

最後に、まとめの感想を書けばおしまい。なかなか印象的な感想文になるはずですよ！

ただし、この手は同じ先生には一回しか使えません。ま、感想文なんて年に何度も書くものじゃないですもんね。

さて、では「感想画」のほうはどうすればいいか。

これもですねぇ。画用紙にびっちりと登場人物や登場したアイテムなどを思いつくままに描《か》いていくんです。この本だったら、夢羽《むう》、元《げん》、瑠香《るか》、峰岸刑事《みねぎしけいじ》、元《げん》のお父《とう》さん、お母《かあ》さん、妹、トラ、カネばあさん、翔兄《しょうにい》ちゃん、朝顔、ラムネ、カネばあさんの花柄《はながら》の服、パトカー、携帯《けいたい》電話……などなど。

配置していくやり方は、もうね、感性《かんせい》にまかせ、気の向くままにどうぞ。大きさもバラバラなほうが面白いです。

これは、わたしが小学生の頃《ころ》に編《あ》み出した「誰《だれ》でも描ける読書感想画」の秘《ひ》けつであります。

ではでは。こんなことばかり書いていると、プー先生ににらまれてしまいそうですから、そろそろこのへんで。

でも、きっとすぐにまたお会いできると思いますよ！
その日まで。お元気で！

深沢《ふかざわ》美潮《みしお》

IQ探偵シリーズ③
IQ探偵ムー アリバイを探せ！

2008年3月　初版発行
2016年12月　第8刷

著者　深沢美潮《ふかざわみしお》

発行人　長谷川 均

発行所　株式会社ポプラ社
〒160-8565 東京都新宿区大京町22-1
［編集］TEL:03-3357-2216
［営業］TEL:03-3357-2212
URL http://www.poplar.co.jp

イラスト　山田Ｊ太
装丁　荻窪裕司（bee's knees）
DTP　株式会社東海創芸
編集協力　鈴木裕子（アイナレイ）

印刷・製本　大日本印刷株式会社

ISBN978-4-591-09689-5 N.D.C.913 174p 18cm
Printed in Japan

本書は、2005年11月にジャイブより刊行されたカラフル文庫を改稿したものです。